FSC
www.fsc.org

MIX

Papier aus ver-
antwortungsvollen
Quellen
Paper from
responsible sources

FSC® C105338

AF282262

Marc-Jonas Never

Clevere Spürnasen

Im Namen des Bösen

Im Namen des Bösen

Ein ungewöhnlicher Fall für die Cleveren Spürnasen: Körperlose Stimmen, geisterhafte Gestalten und unerklärliche Vorkommnisse mitten in der Einöde eines abgelegenen Bergpasses. Mit neuer Bekanntschaft ziehen die sechs Jugendlichen in eine einsame Berghütte, um die Verfolgung aufzunehmen.
Schnell zeigt sich, dass sie in der Einsamkeit alles Andere als allein sind. Der Spuk nimmt zu, bis die Freunde begreifen, dass ihnen nur eins bleibt: Sie müssen sich in die unbarmherzige Kälte der Berge begeben.
An einem längst vergessenen Ort spitzt sich die Lage dramatisch zu. Verstörende Fakten kommen zutage und die jüngste Vergangenheit droht, die Zukunft einzuholen.
Die Freunde werden auf einige harte Proben gestellt.
Im Angesicht böser Geister und Dämonen zeigt auch gern der Teufel seine Fratze.

Marc-Jonas Never

In den 90er-Jahren in einer Gemeinde am Rand der Nordeifel geboren. Bis heute bezeichnet er die Großstadt Aachen, zu der die Gemeinde gehört, als seine Wahlheimat.
Heute lebt Never, auch unter seinem meistverwendeten Alter Ego *Reddie Force* bekannt, in Ostwestfalen. Neben dem Dasein als kriminalistisch-satirischer Autor ist er in der Musikproduktion tätig; Er komponiert, spielt Gitarre, schreibt Songs, singt und rappt. Seine Muttersprache *Denglisch* bietet eine der Grundlagen dafür.
Never befasst sich mit verschiedensten Sprachen; Er spricht Englisch, Französisch und Spanisch. Nebenbei lernt er Finnisch und Russisch.
Aufgrund dieser allgegenwärtigen Mehrsprachigkeit bezeichnet er sich selbst als *Wortspieler* und *Wortakrobat.*

Weitere Informationen kostenlos und auf Abruf online

Überall im Handel

@MJNEVER

Reddie Force

Bibliografische Information der Deutschen Nationalbibliothek: Die Deutsche Nationalbibliothek verzeichnet diese Publikation in der Deutschen Nationalbibliografie; detaillierte bibliografische Daten sind im Internet über dnb.dnb.de abrufbar.

Herstellung und Verlag: BoD – Books on Demand, Norderstedt

Bisher bei BoD erschienen:
Marc-Jonas Never
Clevere Spürnasen – Das Erbe der Blutkrone (Band 1)
1. Auflage (2022) – ISBN: 978-3-7557-4977-6

ISBN: 978-3-7578-2176-0

Für Annika
Weil du mir wirklich zuhörst!
Exklusives Audio-Lektorat

Für Lukas
Weil wir die Liebe zu Bergen teilen!
Eins mit der Natur

Für Martin
Weil auch du in schlimmsten Zeiten das Gute erkennst!
Aachen City Forever

Für die Kunst
Weil Kabarett und Satire,
böser Humor und Zynismus,
Innovation und Musik
mich aus düstersten Schatten herausgeführt haben!

Möge das Feuer in der Finsternis lodern

Never, Juni 2023

Kapitelübersicht

Hinter den Kulissen
Namen – Begriffe – Hinweise – Aussprache – Betonung

Personen:

Andreas Fojruß...Feuruß

Christian Brück..

Mira Alt...

Ida Donnenwäldern..

Damian Donnenwäldern...

Maximilian Jendenmink..

Tim Svaborovskij..Svaborov-skij

Mascha Svaborovskij..

Nathalie Kraschniya...Kraschnia

Aleksander Natan Kacper Kravinski.......................................

....Alexander Natan Kasper Kravinski

Bruno Diepenbrock-Weickertwälders.....................................

Wilhelm Hochwald..............Mitarbeiter bei *Hütters & Wallung*

Tristan Heurgaerst...Heugärst

Cristofer José Tschantaj..............Kristofär Chosé Tschantach

Brigitte Schlierengoch...

Frau Grubers..Polizistin

Frau Stärzing...Polizistin

Kommissar Sempenreu..

.....................Polizei der Stadt Seppertenspitz vor der Grube

Joachim Wendelberg............Kommissar der Stadt Garmberg

Orte:

Garmberg..................Nächste Großstadt zu Andreas' Heimat
Runenstedt..................................Miras Heimatstadt
Ramkenscheidt................................Miras Wohnbezirk
Hemptenbach.....................Miras Stadtteil in Ramkenscheidt
Feemwyrth..Fehmwürt
....Stadtteil in Ramkenscheidt
Seppertenspitz vor der Grube...........Stadt am Fuß der Berge
Ascherslebener Gipfelpässe.....................................
....Gebirgspfad, Standort der Berghütte
Haukenginst, Senkensief, Wermersgrunden, Knabenschön
Gumpenbach, Mühringen, Weidenbeck, Heidengraf
Broidenheim.......................................Breudenheim
Maedenstoy..Mäden-steu
Gelbersbroich.......................................Gelbersbruch
Kadenflucht..........................Stadt nördlich von Runenstedt

Wiesentorf......................Produktionsgebiet der *Witterschneir*
Dächersweyk.......................................Dächersweik
.....................................Produktionsgebiet der *Witterschneir*

Firmen/Organisationen/Produkte:
Paper's Best......................................Peijprs Bäst
...............................Herr Kravinskis Buchhandlung
Green Paths....................................Grihn Päss
....Naturschutzorganisation
Witterschneir.......................................Witterschnei
......................................Großhandelskette
..........................Das zweite *r* wird nicht gesprochen

10

Witterschneirs Beste............Produktgruppe der *Witterschneir*
Gipfeltraum...
....................Geschmacksrichtung von *Witterschneirs Beste*
Hütters & Wallung........Tochtergesellschaft der *Witterschneir*
Gipfelstürmer...................................*Standort in den Bergen*

Ausrufe/Bemerkungen/Besonderheiten:
Sjemer drusej v adu...............................*Sjemer drusej vadu*
By the way...............................*Übrigens* auf Englisch
Midlife-Crisis......................................*Mitlaif-Kraisis*
in etwa *Lebensmittekrise* auf Englisch; Aufkommende Unsi-
cherheiten und Selbstzweifel zwischen dem Beginn der 30er
und 40er Lebensjahre. Endet meist Mitte der 50er-Jahre.
Wechseljahre
Rien, nada, niet...
..............*Nichts* auf französisch, spanisch und niederländisch
Exorzist.................Mensch, der Geister und Dämon austreibt
Kruzifix..........Kleines Holzkreuz, das meist über Türen hängt
Parameter, Maschine, Item, Application...............................
Channel, F.F, REW.....................Begriffe aus den Bereichen
....IT, Kommunikation und Multimedia
Mantra.........Zuversichtlicher Spruch, Mutmachende Ansage
Déjà Vu...*Dedscha Vü*
Ereignis, das den Eindruck erweckt, genau dasselbe bereits
erlebt zu haben

Annette von Droste-Hülshoff...
.............................Deutsche Schriftstellerin und Komponistin
Der Knabe im Moor...

...............................Gedicht von Annette von Droste-Hülshoff
Matrix...........................Eigene Zwischenwelt, imaginärer Ort des Rückzugs, der nur in der eigenen Vorstellung existiert
Worst Case-Szenario..................
..............Die Situation, die schlimmstenfalls eintreten kann
temporär.....................................zeitlich begrenzt
Elegie...................................Klagelied, Ballade
Crunchy Flakes........................Knusprige Frühstücksflocken
Salve.............Gleichzeitiges Abfeuern sämtlicher Geschosse
Etymologie.......................................Wortherkunft
Dekade....................................Jahrzehnt
Ära...Zeitalter
Okkultistisch................Beschwören von Übersinnlichem, wie Geistern und Dämonen

Torture's Devil..................................*Tortschors Dävil*
Burnin' Psycho....................................*Börnin Saiko*
Executioner's Guy...................................*Äxekuscheners Gai*
Koryphäe..Überflieger
Onion-Routing..............Verschachteltes Besuchen von Darknet-Adressen, erschwert die Nachverfolgung von Straftaten
Cyber-Crime-Szene..............................Internetkriminalität
Darknet........................Verborgener Teil des Internets, wird oft zur Abwicklung von Straftaten verwendet
Kyrillisch.......................Alphabet und Schrift sämtlicher osteuropäischer Staaten, unter Anderem Russland

Prolog – Im Zwielicht verborgen

Ein markerschütternder Schrei zerriss die unscheinbare Ruhe der Aschersleberner Gipfelpässe. In den vergangenen Tagen war dieses Phänomen hier oben in den Bergen häufiger aufgetreten. Die Arbeitskräfte der nahegelegenen Bergbahn raunten hinter vorgehaltenen Händen; Man habe eine vermummte Gestalt gesehen. Mal war's ein Geist, dann ein Dämon. Auch die Fratze des leibhaftiges Teufels sei gesichtet worden. Doch niemand wusste Genaueres.

Vereinzelte Wanderer hatten berichtet, sie seien an helllichtem Tag einem Verwirrten begegnet; Mit einem Messer habe er sie angegriffen, sich aus dem Hinterhalt angeschlichen. Gruselgeschichten, wie man sie für gewöhnlich aus Märchen oder ähnlichen unheimlichen Erzählungen kannte.

Das Phantom war erst kürzlich in Erscheinung getreten. Vom Nachtdienst der Bergstation hatte es im Schutz von Morgengrauen und Abenddämmerung erspäht werden können. In den meisten Fällen war es jedoch zwischen Mitternacht und sechs Uhr früh zu sehen gewesen.

Irgendwann waren es plötzlich zwei Personen gewesen.

In einer besonders stürmischen und wolkenverhangenen Nacht meinte der Bedienstete, sogar drei Personen wahrgenommen zu haben. Diese Möglichkeit bereitete ihm derartiges Unbehagen, dass er sie bald verwarf, nur um wieder besser schlafen zu können.

Um die Hütte unweit der Bergstation geisterte das Phantom

erstaunlich oft herum. Eines Tages suchte ein Mitarbeiter die Hütte auf, um sich dort umzusehen und nach Spuren zu suchen. Da er nicht fündig wurde, verschwand er bald darauf.

Eine Weile später zog ein Mann mit schwerem Gepäck in die Hütte ein. Diesen hielt es allerdings nicht lange dort. Nach Aussage des Personals war er bei der Abreise sehr gestresst gewesen; Leichenblass habe er ausgesehen. Schweißperlen auf der ganzen Stirn verteilt.

Bei seinen Vorgängerinnen war es kaum anders gewesen; Eine etwa 14-Jährige mit ihrer Mutter, die es ähnlich kurz in den sonst so ruhigen Bergen hatte halten können.

Am heutigen Abend war die Luft erstaunlich klar; Einzelne Wolkenfetzen trieben über den Himmel, verdeckten ab und an den Mond. Dieser zog unbeirrt seine gewohnte Bahn über das Firmament. Lächelte den Bergen zu. Wachte über die trügerische Nacht.

Es war bereits Mitternacht und bitterkalt; Die Temperaturen lagen bei unter -10 Grad. In Windböen, die hier oben schneidend scharf sein konnten, fühlten sich solche Temperaturen oftmals wie beinahe -30 Grad an. Unten in der Stadt, in Seppertenspitz vor der Grube, spürte man davon nicht viel; Dort sank das Thermometer bis knapp unter 0 Grad. In den Bergen, auf gut 2.000 Metern Höhe, herrschten andere Verhältnisse.

Irgendwo bei der Hütte erklang ein Kichern.

Es zischte mehrmals.

Eine Wolke direkt über dem Boden.

Ein weiterer grässlicher Schrei zerriss die Nacht. Momente später war er im kalten Gestein der Berge verhallt.

Kapitel 1 – Unerklärliche Phänomene

„Es gibt fabelhafte Neuigkeiten!"
Die krächzende Stimme des Jungen drang schnarrend durch die Leitung. Seit dem letzten Telefongespräch waren keine 24 Stunden vergangen. Dennoch klang er heute anders.

„Schön und gut", antwortete Andreas trocken. „Trotzdem könntest du erstmal sagen, dass du es bist, Christian."

Er lachte vergnügt.

„Seit du im Stimmbruch bist, hört deine Stimme sich manchmal echt grausig an. Da kriegt man glatt Ohrenschmerzen."

„Sorry, Andreas", erwiderte Christian die Begrüßung peinlich berührt. „Ich will es dir nur endlich mitteilen, weil es mir seit gestern Abend unter den Nägeln brennt. Aber ich wollte deine Kopfschmerzen nicht verstärken. Du warst ziemlich fertig."

„Was gibt es denn?", fragte Andreas ruhig und geduldig.

„Pass auf! Mira hatte mich noch kurz angerufen", fuhr Christian aufgeregt fort. „Gegen 22:00 Uhr. Sie meinte, es wär doch toll, wenn wir sechs uns demnächst nochmal sehen könnten. Ist einige Zeit vergangen seit dem Zeltlager im Garmberger Stadtwald."

„Ne ganze Weile her, stimmt", bestätigte Andreas in Gedanken versunken.

„Richtig!", entgegnete Christian. „Deshalb hat sie vorgeschlagen, ein Treffen einzurichten. Nur wir sechs."

„Ja -", begann Andreas langgezogen. „Da gibt es nur das Problem, dass wir alle nicht besonders nahe beieinander wohnen. Das heißt, ihr schon, mehr oder weniger. Aber ich nicht."

Christian verstand die Zweifel seines Freundes und hörte die Verbitterung in dessen Worten. Diese Probleme waren ihm und den vier übrigen treuen Kumpaninnen und Kumpanen bekannt. Im letzten Sommer hatten sie sich bei besagtem Zeltlager kennengelernt; Andreas, Christian, Maximilian und Tim. Von der weiblichen Seite gab es auch noch zwei: Sie hießen Ida und Mira. Gemeinsam hatten die sechs Freunde im Wald der Stadt Garmberg einen Fall gelöst; In dunkelster Nacht waren sie durch ein im Tal liegendes Sumpfgebiet gestreift. Dort hatten sie die Verbrecher überrascht und eine unfassbare Entdeckung zu Tage gefördert. Selbst die Polizei hatte, was diesen Fall anging, bisher fast ausschließlich im Dunkeln getappt. Dank der sechs tapferen Spürnasen hatte der Fall lückenlos aufgeklärt werden können.

„Das mag sein", beschwichtigte Christian sanft. „Aber das war nicht alles, was Mira erzählt hat. Was meinst du, warum ich so aus dem Häuschen bin?"

Er machte eine kurze Pause.

„Mira wohnt, wie du weißt, in Hemptenbach. Der Bezirk, in dem sie mit ihren Eltern wohnt – äh, Ramkenscheidt – besteht aus sieben oder acht Stadtteilen -"

„Unter Anderem Hemptenbach", kombinierte Andreas.

„Richtig", erwiderte Christian. „Wenige Kilometer weiter, im selben Bezirk, befindet sich eine kleine Buchhandlung. Dort arbeitet Mira nach der Schule zwei bis dreimal die Woche. Der Inhaber dieser Buchhandlung, ein gewisser Herr Kravinski, hat ihr ein Angebot gemacht; Er ist derart begeistert von ihrem Engagement und allem drum und dran, dass er ihr eine zweite Arbeitsstelle angeboten hat. Es handelt sich um eine einmalige Sache. Zumindest hat ihr Chef das gesagt. Aber es ist nicht unbedingt das, was man unter Arbeit versteht."

Christian legte erneut eine Pause ein, um seine Worte wirken zu lassen.

„Ich kann dir nicht ganz folgen -", sinnierte Andreas ratlos. „Was hat das Ganze mit uns zu tun?"

„Es ist folgendermaßen -", fuhr Christian glucksend fort. „ - das Einzige, was Mira machen soll, besteht darin, ein kleines Häuschen zu hüten. Eigentlich übernimmt die Nichte von Herrn Kravinski diese Aufgabe bereits. Doch sie hat laut Mira ausdrücklich den Wunsch geäußert, das nicht alleine machen zu wollen. Verständlich, wenn man bedenkt, wie einsam und abgelegen die Hütte da oben liegt."

„Einsam – abgelegen – da oben – die Hütte -?", fragte Andreas, der den Sinn hinter diesen Worten nicht im Geringsten verstand. „Was bedeutet das jetzt wieder? Liegt dieses Häuschen – diese Hütte -" - er gestikulierte wild mit der Hand durch die Luft – „in den Bergen?"

„Genau das", bestätigte Christian erfreut. „Hatte ich das nicht erwähnt?"

„Nein", erwiderte Andreas und konnte sich ein erheitertes Lachen nicht verkneifen. „Aber jetzt hat es sich geklärt."

„Stimmt", meinte Christian belustigt.

„Aber inwiefern", begann Andreas erneut „haben wir anderen damit zu tun? Das leuchtet mir noch nicht ein."

Er stockte.

„Um genau zu sein, leuchtet es mir gar nicht ein."

„Auch dazu hat Mira mir was gesagt", fuhr Christian fort. „Die Hütte ist nicht besonders groß; für ein Häuschen in den Bergen vielleicht, aber eben nicht mehr. Herr Kravinski ist damit einverstanden, wenn Mira noch ein oder zwei Freunde mitbringt. Seine Nichte, Nathalie, meine ich, heißt sie, würde uns zwar alle willkommen heißen. Aber die Hütte gehört nun mal ihrem Onkel."

„Dann sind drei von uns schon raus", schlussfolgerte Andreas zweifelnd. „Wenn nicht sogar vier -"

„Da gebe ich dir Recht", entgegnete Christian sofort. „Aber unsere Mira wär nicht unsere Mira, wenn sie nicht mindestens einen Joker im Ärmel hätte."

„Und das wäre -?"

„Herr Kravinski sammelt Zeitungsausschnitte. Was läge da näher, als ihm den Artikel unseres phänomenalen Abenteuers direkt unter die Nase zu halten? Wenn er Wind davon bekommt, dass *wir* die sechs Jugendlichen sind, imponiert ihm das bestimmt. Vielleicht ist er so beeindruckt, dass er von sich aus den Vorschlag macht, die Mädels zu begleiten."

Christian lachte vergnügt.

„Möglich", beschwichtigte Andreas. Doch er war nicht vollends überzeugt. „Wir – nein, Mira kann es versuchen. Mehr als *Nein* sagen, kann Herr Kravinski nicht. Den Versuch ist es allemal wert."

„Der Meinung bin ich auch", meinte Christian. „Dann werde ich nochmal mit ihr darüber sprechen. Und natürlich die anderen fragen, ob sie dabei sind – dabei wären, falls es tatsächlich klappen sollte."

„Das mach mal", entgegnete Andreas erfreut. „Dann erleben wir bald hoffentlich unseren zweiten gemeinsamen Urlaub. Wie wunderbar das wär!"

„Auf jeden Fall!", stimmte Christian zu. „Unsere Mädels hätten ein bisschen weibliche Verstärkung. Da gäb es bestimmt keine allzu großen Einwände."

„Ganz Recht. Das heißt, du kümmerst dich drum und gibst mir Bescheid?"

„Darauf kannst du dich verlassen", versprach Christian und

fügte hinzu: „Werde morgen oder spätestens übermorgen von mir hören lassen."

„Na, das sind Aussichten! Oben in den Bergen sind die natürlich noch viel schöner."

Andreas lachte euphorisch.

„Da sagst du was!", gluckste Christian und entging nur knapp einem Hustenanfall. „Bis die Tage, Andreas."

„Bis dann, Christian."

Sie legten auf und Andreas hatte das schöne, in ihm aufkeimende Gefühl, dass es klappen würde. Er wusste nicht, warum, aber er war sich ziemlich sicher, dass Herr Kravinski ihre Mitreise erlauben würde.

Warum auch nicht? Die sechs Freunde waren eine manierliche Truppe und wussten sich zu benehmen. Dass sie mit Gefahren umgehen konnten, hatten sie vergangenen Sommer hinlänglich bewiesen. Dabei hatten sie nicht einmal die Absicht dazu gehabt. Dennoch, die Umstände hatten es erfordert und die Jugendlichen jene Hürden mit Bravur gemeistert.

Am späten Nachmittag hatte Andreas sich auf den Dachboden zurückgezogen. Dort, im ehemaligen Arbeitszimmer seines Vaters, nahm er in letzter Zeit gerne an einem Klavier Platz. Er war gerade konzentriert und dennoch gleichermaßen entspannt am Werk, als das Telefon in der kleinen Dachkammer klingelte. Leicht überrascht und aus jener Art von Trance gerissen, erhob er sich und nahm den Hörer von der Gabel.

„Ach, du bist auf dem Speicher", drang die Stimme seiner Mutter aus dem Hörer. „Christian ist dran. Christian Brück, meine ich."

19

„Danke, ich weiß Bescheid", erwiderte Andreas amüsiert. „Kannst auflegen."

„Mach ich." Den Worten folgte die Handlung.

„Hallo, Christian?"

„Ja, ich bin's. Hatte doch versprochen, mich zu melden. Sag mal -", er stockte, „ - war das deine Mutter -?"

„Das war meine Mutter, ja. Warum verwundert dich das so sehr -?"

„Sie klang sehr jung."

„Sie ist recht jung", erwiderte Andreas heiter.

„Verstehe."

Andreas konnte Christians Verlegenheit geradezu durch den Hörer spüren.

„Weshalb ich anrufe: Ich hab mit Mira gesprochen. Und – sagen wir es mal so: Die Chancen stehen ziemlich gut. Eigentlich"

„Das klingt doch toll!", begeisterte sich Andreas. „Aber -", er kam schlagartig auf den Boden der Tatsachen zurück, „ - ich höre da einigen Zweifel in deiner Stimme -? Du sagtest eigentlich. Wie ist es denn uneigentlich?"

„Ja, das -" Christian fasste sich ein Herz. „Das ist es ja. Herr Kravinski, Miras Chef, soll etwas Sonderbares gesagt haben. Wir seien in der Hütte nicht sicher. Seltsame Dinge würden dort vor sich gehen. Mit dem rationalen menschlichen Verstand sei das nicht mehr zu erklären."

„Bitte, wie -?", raunte Andreas leicht irritiert. „Was hat er denn damit gemeint? Er wird doch wohl nicht der Meinung sein, dass es da oben spukt. Ein angesehener Buchhändler -? Nein, das kann doch nicht -"

Trotz seiner Zweifel am Übersinnlichen fühlte Andreas plötzlich eine unangenehm starke Beklemmung in sich aufsteigen.

Als beobachtete ihn jemand oder etwas, der oder das nichts Gutes im Schilde führte.

„Ich weiß", fuhr Christian ähnlich benommen fort, „es klingt unglaubwürdig. Aber irgendwie auch – gruselig. Jedenfalls, im Moment sei es keine gute Idee, wenn wir uns dort aufhielten. Wir seien viel zu jung und auf uns allein gestellt. Außerdem noch Kinder und -"

„Kinder -?", entrüstete sich Andreas. Er konnte nicht glauben, was er da hörte. „Wir sind Jugendliche. Nach all dem, was wir letzten Sommer erlebt und gemeinsam geschafft haben, sollten wir uns schon fast als Erwachsene bezeichnen. Meine Uroma muss eine Untote sein! Also, sowas -!"

„Ich versteh, was du meinst", beschwichtigte Christian. „Aber", Andreas glaubte, Christians Finger in die Luft schnellen zu hören, „Mira wäre nicht Mira, wenn sie – du weißt schon -"

„Unverkennbar", lachte Andreas. „Wie hat sie's angestellt?"

„Sie hat Herrn Kravinski um ein gemeinsames Gespräch gebeten. Wir sechs wollen mit ihm sprechen, um ein paar Informationen aus ihm rauszuholen. Vielleicht wird es dann doch was mit unserem gemeinsamen Urlaub in den Bergen. Zu siebt wäre natürlich noch schöner, wobei -", Christian klang beinahe wehleidig, „ - kannst du es überhaupt einrichten, vorbeizukommen?"

Andreas war sofort im Bilde. „Ich fürchte, da muss ich passen", bedauerte er trübselig. „Für ein Gespräch", er winkte traurig verärgert ab, „werde ich hier nicht wegkommen. Erst recht nicht für etwas derart Unsinniges. Jedenfalls würden meine Eltern es so bezeichnen."

„Dein Frust ist allzu verständlich", räumte Christian ein. „Pass auf! Ich hab eine Idee. Zwar keine Lösung für *dein* Problem, aber -"

„ - aber für Unseres", beendete Andreas den Satz. „Ich merk's schon. Schieß los, wie sieht dein Plan aus?"

In knappen Sätzen erläuterte Christian, wie das Vorhaben seinen Vorstellungen nach umsetzbar war.

„Verstehe", fasste Andreas zusammen. „Ihr sechs trefft euch mit Herrn Kravinski und sprecht mit ihm. „Nathalie wird schon mit ihm umzugehen wissen. Sie schmiert ein bisschen was Süßes um seinen Mund und zack, irgendwann hat sie ihn. Hoffentlich ist er nicht allzu hartnäckig -"

„Das wird schon", sagte Christian besänftigend. „Falls Nathalie scheitert, haben wir immer noch Mira auf Lager. Schafft sie es wiederum auch nicht, dann soll es halt nicht sein. Abwarten."

„Richtig!", rief Andreas. „Wäre zwar schade, aber – ach so, denk bitte an den Zeitungsartikel. Wenn Herr Kravinski ein echter Sammler ist, darf der auf keinen Fall fehlen."

„Recht hast du, den leg ich mir gleich zurecht."

„Sehr gut. Und versucht nach Möglichkeit herauszufinden, was es mit diesen Schauermärchen auf sich hat. Wäre ganz sinnvoll, diesem Herrn Kravinski mal auf den Zahn zu fühlen. Weiß der Kuckuck, was es damit auf sich hat."

„Ich werd mich drum kümmern", versprach Christian. „Sobald ich etwas Neues weiß, wirst du von mir hören."

„Danke! Da freu ich mich. Klingt ja jetzt schon höchst mysteriös. Nun denn, Christian, wir hören voneinander. Bis die Tage."

„Bis denn, Andreas."

Er legte den Hörer zurück auf die Gabel.

Geistergeschichten, dachte er und musste beiläufig den Kopf schütteln. Ein angesehener Buchhändler, der an das Übersinnliche glaubt. Ein ernstzunehmender Kaufmann –

Er brach ab.

Äußerst sonderbar. Sicherlich ein menschliches Phänomen, das dahintersteckt. Etwas, das sich ganz simpel erklären lässt. Aber Geister -? Nein, mit Sicherheit nicht. Das wird wohl kaum der Fall sein.

Andreas widmete sich erneut dem Klavier. Die Augen hielt er stets geschlossen. Er wurde immer mehr eins mit der Musik, bis er sich in ihr verlor. Alle übrigen Gedanken und Gefühle rückten weiter und weiter in den Hintergrund. Schließlich war da nur noch die Musik. Das heißt, dieser eine aufdringliche Gedanke ließ sich als Einziger nicht vertreiben; Diffuse, schier unerklärliche Phänomene in einer einsamen Hütte hoch oben in den Bergen -

Sollten es tatsächlich Geister sein -?

Kapitel 2 – Wenn Dämonen rufen

Am selben Abend hatte Andreas das Gespräch mit seinen Eltern gesucht. Wie erwartet, hatten diese ihm die Fahrt umgehend ausgeredet.

Wie er ständig aufs Neue von solch unsinnigen Ideen ergriffen wurde, wollten sie von ihm wissen. Ob er meinte, dass sie ihr Geld bekämen, ohne irgendetwas dafür tun zu müssen. Was er sich dabei denke, derart unverfroren an sie heranzutreten. Für ein lausiges Gespräch noch weiter als bis Garmberg zu fahren. Für einen erneuten lächerlichen Urlaub mit seinen vermeintlichen Freunden Sprit zu verfahren.

Ob Andreas sich der Sinnlosigkeit seiner Fragereien bewusst war, blendete der Junge beim Verlassen des Raumes niedergeschmettert aus. Er zog sich auf sein Zimmer zurück und verfiel in leichte Grübeleien. Aus Selbstfürsorge funkte er Christian auf dessen Handy an.

„Brück, hier, hallo?"

„Fojruß, hallo Christian."

„Andreas! Was für eine tolle Überraschung. Schön, von dir zu hören", begeisterte sich der Angerufene. „Ist was vorgefallen, oder -? Du klingst ziemlich traurig."

„Allerdings", entgegnete Andreas und begann, zu berichten.

„Lausiges Gespräch -?! Lächerlicher Urlaub -?!" Diesmal war es an Christian, sich gekränkt zu fühlen. „In ihren Köpfen wohl nichts als braune Ma-"

Er hielt inne. „Bitte entschuldige meine Ausdrucksweise, aber -"

„Nein."

Andreas blieb ganz ruhig.

„Was meinst du?" Christian war völlig baff.

„Ich nehme deine Entschuldigung nicht an, das meine ich", erklärte Andreas sachlich. „Der Grund dafür ist, dass hier keine Entschuldigung notwendig ist."

Der Andere war sprachlos.

„Sie haben anscheinend wirklich nicht mehr als ein bisschen braune Masse im Kopf", erläuterte Andreas trocken. Er bemühte sich kein bisschen, den vorwurfsvollen Ton in seiner Stimme zu unterdrücken.

„Andreas, ich bin begeistert!", rief Christian durchs Telefon. Er war überwältigt von diesem jungen Mann am anderen Ende der Leitung. „Ich hab dich letztes Jahr kennengelernt als einen überaus schüchternen, in sich gekehrten, 14 Jahre alten Jüngling. Du warst – ohne dass ich das irgendwie abwertend meine – der Inbegriff eines Landeis für mich. Jetzt gerade wirkst du wie -", er suchte nach den richtigen Worten, „ - ein erwachsener Mann von annähernd 30 Jahren auf mich. Eine Entwicklung, wie ich sie bisher bei kaum jemandem erlebt hab."

„Danke", entgegnete Andreas verlegen. Er war froh, sein eigenes Auftreten auf solch aufrichtig-ehrliche Art und Weise widergespiegelt zu bekommen. „So was hat tatsächlich noch niemand zu mir gesagt."

„Jetzt, da ich weiß, wie oberflächlich deine Eltern reagiert haben", erwiderte Christian abfällig, „wundert mich das wirklich kein bisschen." Er wechselte das Thema. „Weiter im Text. Es gibt Neuigkeiten von Mira und all den anderen. Im selben Atemzug übrigens liebe Grüße von allen."

Diese gab Andreas mit Freude zurück.

„Wir haben Folgendes vereinbart: Am Donnerstagabend

setzt sich Herr Kravinski mit uns zusammen. Im Büro in seiner Buchhandlung werden wir über alles sprechen. Er will uns seine Sicht der Dinge schildern. Umgekehrt sollen wir dementsprechend unsere Perspektiven erläutern. Am Freitagabend oder spätestens im Verlauf des Samstags hatte ich vor, dich über alle Neuigkeiten in Kenntnis zu setzen. Es ist natürlich schade, dass du nicht dabei sein kannst. Aber an deiner Stelle wird Nathalie vor Ort sein. Und Nathalie in Verbindung mit Mira – lassen wir das. Du weißt, worauf ich hinaus will.

Andreas konnte sich sein Grinsen nicht verkneifen. Das lag nicht nur an der Überzeugungskraft der Mädchen, sondern vielmehr daran, dass er ein durchweg positives Gefühl bei allem hatte. „Wie ich mich freue", sagte er, wenn auch mehr zu sich selbst.

„Bist nicht der Einzige", versicherte Christian. „Das geht uns allen so."

„In wenigen Tagen also", sinnierte Andreas gedankenverloren.

„Richtig", bestätigte Christian. „Was das angeht -", er stockte, „ - hast du irgendwelche Fragen im Vorfeld?"

Andreas überlegte einen Moment. „Spontan fällt mir nichts ein – typische Affektsituation. Wenn du mir ein bisschen Zeit lässt, ergibt sich bestimmt noch die ein oder andere Frage. Besprecht ihr sechs euch untereinander und ich lass dir meine Fragen zukommen. Es werden sich sicher auch welche doppeln."

„So machen wir's", entgegnete Christian begeistert.

„Reichen dir meine Fragen bis Mittwoch?"

„Allemal."

„Na wunderbar. Das scheint auf eine tolle Zeit hinauszulaufen. Der nächste gemeinsame Urlaub!"

„Ganz meine Meinung", gluckste Christian. „Andreas, wir hören voneinander. Spätestens am Wochenende."
„Bis dahin, Christian. Tschüss!"

Nicht mehr lange, dann fällt der Vorhang.

Ein Gedanke, der sie heute bereits den kompletten Tag begleitet hatte. Wobei begleitet es nicht ganz traf; Jener Gedanke hatte ihr vielmehr wie eine unangenehm juckende Stelle im Nacken gesessen. Auch ihre beste Freundin war in der Schule ziemlich unruhig gewesen. Sie wussten beide, welche hart zu knackende Nuss ihnen heute Abend gegenübersitzen würde.

Nach der Schule war sie wie jeden Donnerstag zu *Paper's Best* gegangen. Dort arbeitete sie auch heute von 15.00 Uhr bis Ladenschluss drei Stunden später. Andererseits würde sie heute noch ein bis zwei Stunden dranhängen müssen. Das lag keineswegs daran, dass sie Überstunden machen musste. Nein, sie hatte heute sie um 18:00 Uhr ein Gespräch mit Herrn Kravinski. Das Beste daran war, dass ihre Freunde bei dieser Unterhaltung dabei sein würden. Andreas, das hatte sie von Christian erfahren, konnte der Besprechung blöderweise nicht beiwohnen. Trotzdem blieb es bei sechs Jugendlichen, denn Nathalie würde wiederum dabei sein.

Mittlerweile waren es nur noch 15 Minuten bis zum Feierabend. Sie wusste nicht warum, da sie generell eine ausgeglichene Person war, doch sie wurde zunehmend nervöser.

Es gab nicht mehr viel zu tun; Lediglich eine Handvoll Bücher in die Regale zurückstellen, den Müll nach draußen bringen und ein paar Kleinigkeiten hinter dem Tresen verstauen.

Mira hatte beinahe alles erledigt, als sie ihre beste Freundin draußen vor dem Schaufenster erkannte. Diese winkte ihr zu. Mira bedeutete ihrerseits, das Geschäft zu betreten.

„Komm schon rein", raunte Mira tadelnd und lachte. „Frauen und vor allem junge Mädchen sollten ab 18:00 Uhr nicht mehr alleine in Feemwyrth unterwegs sein. Heißes Pflaster, zwielichtige Gegend, das weißt du doch."

„Bestehen Bücher aus Papier?", erwiderte Ida rhetorisch. „Ganz Ramkenscheidt ist zum Bezirk aus Messerstechern mutiert. Von den Drogenabhängigen ganz zu schweigen. Wenn ich an diesen bewaffneten Banküberfall von vor ein paar Jahren denke, wird mir ganz anders. Ist der Täter nicht gefasst worden?"

„Soweit ich weiß, ja", entgegnete Mira gedämpft. „Er wurde in die städtische Forensik eingewiesen. Soll ein äußerst gefährlicher Kerl sein. Mit allen Wassern gewaschen. Dem läuft man besser nicht über den Weg. Könnte sonst die letzte Begegnung gewesen sein."

„Forensik -?" Idas Augen wurden groß. „Das ist doch der Teil einer psychiatrischen Klinik, in der die Patientinnen und Patienten untergebracht sind, die eine Gefährdung für die Menschen um sich herum darstellen -"

„Richtig. Zumindest, wenn sich herausstellt, dass diese Menschen nicht zurechnungsfähig sind. Dann haben sie kaum bis gar keine Kontrolle über das, was sie machen."

„Das Gefängnis, aus dem kein Weg lebend herausführt -" Eine gewisse Leere lag plötzlich in Idas Augen.

„So behauptet es das Klischee. Aber darauf sollte man nicht allzu viel geben. Im Idealfall bildet man sich seine eigene Meinung."

„Solange bei euch in Hemptenbach alles in Ordnung ist."

„Noch ist das der Fall, einigermaßen. Doch, wie bei so vielem, ist es alles eine Frage der Zeit." Mira atmete schwer auf.

„Und der Perspektive", ergänzte Ida schwermütig. „Aber jetzt mal zum Eigentlichen." Sie sah sich im Laden um. „Ist von den Anderen noch niemand da?"

In diesem Moment waren draußen Stimmen zu vernehmen. Sekunden später erschienen Christian, Max und Tim vor dem Fenster.

„Wenn man vom Teufel spricht -", lachte Mira und ihre Freundin stimmte mit ein.

„Guten Abend, die Herren der Schöpfung", eröffnete Mira.

„Hallo, ihr beiden", entgegnete Christian freudestrahlend. „Wartet ihr schon lange?"

„Nicht mal fünf Minuten", bemerkte Ida beiläufig. „Schön, dass ihr pünktlich seid."

„Habt ihr was Anderes erwartet?", fragte Max mit künstlichem Erstaunen. „Pünktlichkeit ist eine Tugend, der wir stets Folge leisten wollen. Ist doch doof, auf andere warten zu müssen."

„Altklug bist du gar nicht, hm?", erwiderte Mira belustigt. „Die Weisheit mit der Suppenkelle gefuttert."

„Wo ist Herr Kravinski?", fragte Tim gedämpft.

„In seinem Büro", antwortete Mira leise. „Es wird jeden Moment losgehen."

„Und wo ist Nathalie? Sie wollte doch unbedingt dabei sein. Zudem ist sie die eigentliche Hüterin des Hauses."

„Ich hab sie bis jetzt noch nicht gesehen. Vielleicht kommt sie später."

„Solange sie überhaupt erscheint", murmelte Tim missmutig. „Sonst können wir unseren Urlaub vergessen."

„Nicht so pessimistisch, bitte", mahnte Ida gutmütig. „Das wird alles werden irgendwie. Gleich sprechen wir -"

In diesem Moment öffnete sich eine Tür im hinteren Teil der Buchhandlung. Ein annähernd weißhaariger Mann mit Halbglatze und freundlichem Gesicht winkte die sechs Freunde zu sich.

Der Vorhang fällt.

Ein Gedanke, der ihnen nun allen im Nacken saß, während sie sich in Herrn Kravinskis Büro begaben.

„Ich werde bedroht."

Der Buchhändler hatte den Jugendlichen Sitzplätze angeboten. Danach hatte er sich selbst auf seinem Schreibtischstuhl niedergelassen. Zerknirscht und gleichermaßen erwartungsvoll sah er die Jugendlichen an.

Zunächst saßen die sechs wie auf heißen Kohlen. Schließlich ergriff Christian das Wort. „Wie meinen Sie das, Herr Kravinski? Inwiefern werden Sie bedroht?"

Der ältere Mann sackte ein Stück in sich zusammen und atmete einige Male tief durch.

Vor knapp einer Woche erhielt ich ein Schreiben. Ein handelsübliches weißes Blatt im DIN A4-Format. In einem völlig gewöhnlichen Briefkuvert. Darauf stand eine Botschaft, die mich allem Anschein nach einschüchtern soll. Die dazugehörige Handschrift hab ich allerdings noch nie zuvor gesehen."

„Haben Sie eine Vermutung, wer einen Nutzen daraus ziehen könnte, Sie zu bedrohen?", fragte Mira. „Hinter solchen Äußerungen verstecken sich ja meistens Leute, denen man irgendwie auf die Füße getreten ist. Dann besteht die Frage nach dem Motiv, wobei das natürlich längst noch nicht alles ist."

„Ich habe keine Ahnung, wem ich ein Dorn im Auge sein könnte", erklärte Herr Kravinski ratlos. „Meine Buchhandlung genießt einen exzellenten Ruf in der gesamten Stadt. Sie ist längst über die Bezirksgrenzen von Ramkenscheidt hinweg bekannt. Feinde habe ich auch keine. Zumindest sind mir keine geläufig. Meine Mitarbeiter können sich ebenso wenig einen Reim darauf machen, von wem dieser Brief kommt, was es damit auf sich hat oder warum er überhaupt den Weg hierher gefunden hat. Es wäre alles halbwegs erträglich, wenn ich nicht noch diese Spukgeschichte am Hals hätte. Das raubt mir den allerletzten Nerv."

Er atmete schwer.

Die Freunde tauschten eindeutige Blicke aus; Ein besserer Zeitpunkt würde sich ihnen definitiv *nicht* mehr bieten.

„Spukgeschichten? Was meinen Sie damit?"

„Du erinnerst dich bestimmt", fuhr Herr Kravinski erschöpft fort, „dass ich dir von den verschwundenen Gegenständen erzählt habe, Mira?"

Er fixierte das Mädchen mit einem durchdringenden Blick, der ihr weit mehr als nur unangenehm war.

„Sicher."

Ihre belegte Stimme machte deutlich, dass die Situation ihr nicht behagte.

„Sie tauchten an völlig anderen Stellen wieder auf. Dort, wo sie absolut Fehl am Platz waren."

Der Mann ließ den Blick durch den Raum schweifen, als wollte er den anderen Jugendlichen ebenfalls einen Schauer über den Rücken jagen.

„Aber das ist noch nicht alles", verkündete er. „Vor sieben Wochen habe ich zuletzt in meiner Hütte in den Bergen das Wochenende genossen. Das heißt, ich wollte es genießen.

Doch die malerische Idylle der Berge hat an jenen Tagen eine ihrer trügerischsten Seiten gezeigt. Ich bin vieles von dort oben gewohnt. Dennoch muss ich sagen, dass ich Derartiges noch nicht erlebt habe."

Christian war nicht sicher, ob er es unbedingt hören wollte. Er überlegte sogar ernsthaft, Tim vor die Tür zu bitten. Zu dessen eigener Sicherheit. Er wusste nur zu gut um dessen Ängstlichkeit. Dennoch fragte er: „Was genau haben Sie denn erlebt?"

Als hätten sie es beide geahnt, drehte Tim seinem Freund den Blick zu und starrte ihn fassungslos an.

Es war doch klar, dass es darauf hinausläuft, war das Einzige, was Christians beinahe mitleidiger Blick in diesem Moment antwortete.

„Das kann ich dir gerne sagen", sprudelte Herr Kravinski los. Die Erregung in der Stimme des Mannes war für Tim wie ein morbid-zynischer Hieb in die Magengrube. Dem Jungen klappte innerlich die Kinnlade herunter.

„Ich habe seltsame Dinge gehört: Klopfzeichen, die aus den Wänden kamen, obwohl dahinter nichts zu finden ist als die reine Bergluft. Stimmen, die von überall verteilt im Raum auf mich einredeten. Sie sagten, ich solle mich in Acht nehmen vor den bösen Geistern und den unheilverheißenden Seelen der Vergangenheit. Das Schicksal meine es nicht gut mit mir. Das Haus sei von Dämonen besessen. An den vermeintlich erholsamen Ecken in den Ascherslebener Gipfelpässen – so heißt die Gegend, in der meine Hütte steht – habe es bereits viele unerklärliche Vorkommnisse und Phänomene gegeben. Zahlreiche Wanderer seien bei schönstem Wetter zu Wanderungen aufgebrochen und in furchtbare Stürme geraten. Andere wiederum hätten Ähnliches vorgehabt und seien völlig verstört von ihren Touren zurückgekehrt. Sie seien attackiert worden von einem Messerhelden. Er sei aus einem Gebüsch herausgesprungen oder von einem Baum herunter. Manchmal habe er sich sogar von hinten angeschlichen, um den Wandernden kaltblütig niederzustechen. Davon, dass der Mann an einer geistigen oder psychischen Störung litt, sei definitiv auszugehen. Ein Psychopath, wie er im Buche steht. Darüber seien sich alle einig gewesen."

Herr Kravinski legte eine Pause ein, als müsse er das Erzählte verdauen. Christian nutzte die Gelegenheit, um einzuhaken.

„Diese Stimmen wissen eine ganze Menge", stellte er kühn fest. „Ziemlich konkrete Details, als ob sie selbst dabei gewesen wären."

„Worauf willst du hinaus, Junge?" Herr Kravinskis Stimme überschlug sich beinahe vor Aufregung.

„Finden Sie es nicht merkwürdig, dass diese Stimmen so viel wissen? Ich bin darüber, ehrlich gesagt, äußerst erstaunt."

Einen kurzen Moment lang herrschte Stille im Raum.

„Daran sollten wir uns nicht aufhängen", mischte sich Mira in das Gespräch ein. „Viel wichtiger ist doch, was Sie noch zu berichten haben."

Christian konnte förmlich spüren, wie Tim innerlich in sich zusammensackte. Armer Kerl, dachte er mitfühlend. Aber er wollte unbedingt mitkommen.

„Du hast Recht, Mira. Das war noch nicht alles. Ich saß eines Abends in der Wohnstube und las in einem Buch. Es war spät und vom Sonnenuntergang war lediglich ein schwacher Widerschein zu erkennen. Plötzlich polterte es am Fenster hinter mir. Der Lärm brach derart heftig über mich herein, dass ich mich beinahe zu Tode erschrak. Zudem war das Buch gerade sehr spannend gewesen, sodass es den Schrecken dementsprechend verstärkt hat. Man sollte am Abend keine allzu packenden Psychothriller lesen."

Herr Kravinski lachte, was die Situation augenblicklich in einem bizarren Licht erscheinen ließ.

„Beängstigend", raunte Mira ehrfürchtig. „Bitte erläutern Sie."

„Selbstverständlich. Zunächst war ich wie vom Donner gerührt. Ich wusste nicht, wie mir geschah. Nachdem ich mich beruhigt hatte, beschloss ich, draußen nachzusehen. Was es auch gewesen war, für ein Tier war es jedenfalls zu groß."

„Woher nehmen Sie diese Gewissheit?", wollte Christian wissen.

„Der Lärm, den der Aufprall gegen das Fenster verursacht hat, war viel zu laut", erklärte Herr Kravinski. „Derart große Tiere gibt es in der Umgebung von Aschersleben nicht. Das wäre mir bekannt. Außerdem gibt es da noch etwas -"

Er hielt inne. Die Jugendlichen sahen ihn erwartungsvoll an. Sollte er ihnen diese Information wirklich anvertrauen?

„Nachdem ich draußen nichts und niemanden entdeckt hatte, ging ich ins Haus zurück. Ich kochte einen Tee, um meine Nerven zu beruhigen. Anschließend ging ich zur Hintertür des Hauses, um einen Blick auf den Mond zu werfen. Der stille Bewacher oben am Himmel hatte schon immer eine beruhigende Wirkung auf mich. Ich sah zum Himmel auf und wollte meinen Blick gerade abwenden, als ich auf der ersten Bergkuppe hinter meiner Hütte eine Schreckensgestalt entdeckte. Zuerst hielt es für eine Täuschung. Doch dann guckte ich genauer hin und nahm die Gestalt wahr, die reglos dort stand und zu mir hinabsah. Einige unheimliche Sekunden lang musterten wir einander. Die Gestalt, die wie ein Dämon aus einer anderen

Welt wirkte, durchbohrte mich mit ihren leuchtend roten Augen. Ein intensives Rot, das den Eindruck glühender Kohlen erweckte. Plötzlich stieß das Wesen ein fieses und hohes Lachen aus. In Sekundenschnelle bildete sich eine Art Wolke und hüllte es ein. Nachdem die Wolke sich aufgelöst hatte, war das sonderbare Wesen verschwunden. Nur der Mond war noch zu sehen. Die Berge waren in der Dunkelheit lediglich zu erahnen."

Ein weiteres Mal herrschte Stille im Raum. Eine beklemmende und äußerst unangenehme Stille. Knapp zwei Minuten später ergriff der Buchhändler erneut das Wort.

„Ihr könnt euch vorstellen, dass ich in jener Nacht kein Auge zutat. Am nächsten Morgen hatte ich nur noch im Sinn, meine Sachen zu packen und die Hütte zu verlassen. Ich wollte keine Sekunde länger als nötig an diesem Ort des Horrors verbringen."

„Durchaus verständlich", war das Erste, was Christian schließlich zu dieser haarsträubenden Geschichte äußerte. Er wusste nicht recht, was er von all dem halten sollte. Den anderen ging es ähnlich.

„Eine Sache gibt es da noch", setzte Herr Kravinski erneut an. „Die Drohung enthielt einen Aspekt, der streng genommen nur meinen engsten Verwandten bekannt sein dürfte."

Die Jugendlichen sahen den Buchhändler erstaunt an.

„Dabei handelt es sich maximal um eine Handvoll Leute." Herr Kravinski dämpfte seine Stimme. „Ihr müsst wissen: Ich habe drei Vornamen. Mein voller Name lautet -", er hielt inne und ließ seinen Blick mit großen Augen durch die Runde schweifen, „ - ihr versprecht mir, darüber Stillschweigen zu bewahren?" Als keine Antwort folgte, fuhr Herr Kravinski fort. „Mein voller Name lautet Aleksander Natan Kacper Kravinski.

Beim zweiten sowie dritten Namen handelt es sich um Namen meiner Vorfahren. Ganz nebenbei. Ich weihe euch sechs ausnahmsweise in diesen Wissen ein, weil es etwas mit der Horrorgeschichte zu tun hat. Ich verstehe jedoch nicht, warum."

„Wenn Sie uns mehr darüber erzählen, können wir zur Aufklärung dieser Frage beitragen", schlug Christian vor. Er war gespannt, welche Abgründe sich jetzt noch auftun würden.

„Am Ende des Drohbriefs stand mein zweiter Name", erklärte Kravinski. „Ich habe nicht den geringsten Schimmer, woher der Verfasser ihn kennt."

Die Spannung im Raum war beinahe mit Händen greifbar.

„Aber das Schlimmste, gerade fällt es mir ein, habe ich euch die ganze Zeit vorenthalten -"

Sein Gesicht war kreidebleich geworden. Die Freunde konnten sich kaum ausmalen, welches Detail die bisherige Schilderung noch überbieten sollte. Das würde sich jetzt schlagartig ändern.

„Diese dämonischen Stimmen haben mich mit Natan angesprochen -"

Kapitel 3 – Der geheimnisvolle Rote

„Die Stimmen kannten den zweiten Vornamen -?"

„Das hat er uns jedenfalls erzählt."

„Eine Wahnsinnsgeschichte! Ich kann nicht glauben, dass ich das verpasst hab."

„Aber das ist nur das, was er uns mitgeteilt hat", setzte Christian erneut an. „Wir für unseren Teil haben auch noch was herausgefunden."

„Dann lass dich nicht lange bitten", forderte Andreas ungeduldig.

„Nach dem Gespräch haben wir uns nochmal bei Herrn Kravinski bedankt und uns anschließend verabschiedet", erläuterte Christian. „Natürlich auch in deinem Namen. Vor dem Büro sind wir Herrn Diepenbrock begegnet. Das ist sein Mitarbeiter. Ein junger, schlanker Kerl. Mitte 30, schätze ich. Gekleidet wie ein Anwalt: Mit dunklem Anzug und dunklen Schuhen. Er trug sogar eine Krawatte. Die Haare waren frisiert, als hätte er sich um jedes einzeln gekümmert."

„Ein bisschen overdressed, vielleicht", stimmte Andreas zu. „Aber was hat das -?"

„ - Erklär ich dir", fuhr Christian aufgeregt fort. „Er hielt einen Brief in der Hand. An wen er adressiert war, konnte ich nicht genau lesen. Soviel sei dennoch gesagt: Oben stand *Herr*. Da bin ich mir ziemlich sicher. Darunter standen drei Namen. Der Erste war relativ lang. Der in der Mitte dagegen recht kurz. Was den Nachnamen angeht, der war von der Länge her irgendwo dazwischen. Und jetzt wird's interessant."

Andreas hörte, wie Christians Aufregung wuchs.

„Ich kann's mir schon denken, aber lös erstmal auf."

Christian ließ sich kein zweites Mal bitten. „Herr Diepenbrock hat sich uns natürlich vorgestellt. Alles Andere wäre ja unhöflich. Dabei ist ihm ein kleiner, aber nicht unerheblicher Fehler unterlaufen."

„Nun erzähl schon", lachte Andreas. „Das hält man ja im Kopf nicht aus."

„Er meinte, er hätte eigentlich zwei Nachnamen. Der Zweite sei noch länger als der Erste." Christian lachte schelmisch. „Seine Eltern seien sich bei der Auswahl einfach nicht einig geworden."

„Das erklärt, warum der Brief nicht für Herrn Kravinski gewesen sein kann", kombinierte Andreas die übrigen Teile dieses Puzzles zusammen. „Der Name in der Mitte – vermutlich Natan – ist viel kürzer als Diepenbrock."

„Du hast es erfasst", rief Christian begeistert. „Dementsprechend weiß neben den engsten Verwandten auch Herr Diepenbrock über den zweiten Vornamen Bescheid. Herr Kravinskis Mitarbeiterin ist wahrscheinlich genauso im Bilde darüber."

„Er hat noch eine Mitarbeiterin?"

„Allerdings", bestätigte Christian. „Die haben wir aber nicht mehr kennengelernt. Sie hatte Feierabend und war bereits gegangen. Nicht so wichtig."

„Nur die beiden sind bei ihm beschäftigt?"

„Nur sie und Mira, richtig."

„Na schön."

Es herrschte eine kurze Gesprächspause, bevor Andreas den Faden wieder aufnahm. Der Inhalt musste schließlich nachbereitet werden.

„Das war soweit alles?"

„Reicht das denn nicht?" Christian klang leicht verblüfft.

„Doch, doch, die Geschichte ist haarsträubend genug", besänftigte Andreas. „Ich möchte lediglich zwischen den Zeilen hören und lesen. Es gibt garantiert einige aufschlussreiche Details, die uns bis jetzt noch gar nicht bewusst sind."

„Die da wären?"

„Das gilt es herauszufinden."

„Schön und gut, aber -", Christian hielt inne, „ - wo denkst du, anzusetzen?"

„Zunächst mal sollten wir wissen, wo dran wir bei Herrn Kravinski sind", stellte Andreas sachlich fest.

„Richtig", erwiderte Christian.

Stille trat ein.

„Wie sieht's aus?"

„Ja, das – ich denke, wir alle -"

„Du hast keine Ahnung, wovon ich gerade spreche, oder?"

„Nicht so ganz -"

„Nochmal zum Mitschreiben, Christian", Andreas blieb völlig beherrscht, „haben wir die Erlaubnis bekommen, in der Hütte zu wohnen?"

„Ach, darum geht's die ganze Zeit." Nun hatte Christian verstanden, was los war. „Ich hab mich schon gefragt, worauf du hinauswillst."

„Sehr schön. Dann darfst du mir meine Frage jetzt gerne beantworten." Andreas schmunzelte.

„Logisch", entgegnete Christian mit hörbarer Erleichterung. „Es war tatsächlich ein ziemliches Hin und Her. Ein Auf und Ab der Gefühle. Herr Kravinski war unverändert strikt dagegen. Wir haben ihn bestimmt fünfzehn oder zwanzig Minuten lang bearbeiten müssen. Die besten Argumente schienen auf einmal nur noch sinnlose Worte zu sein. Selbst Mira und Nathalie mussten sich unheimlich ins Zeug legen, um an ihren Chef oder Onkel heranzukommen. Langsam begannen unsere Argumente jedoch zu greifen, bis Herr Kravinski schließlich einwilligte."

„Das sind großartige Neuigkeiten!"

Andreas war mehr als nur begeistert. Ganz besonders imponierte ihm das Durchsetzungsvermögen seiner Freunde. Wie gerne wäre er dabei gewesen –

„Nicht wahr?", erwiderte Christian ebenso euphorisch. „Unser nächster Urlaub steht vor der Tür. Jetzt ist es amtlich."

„Den Zeitungsartikel habt ihr ihm auch gezeigt? Oder war das gar nicht mehr nötig?"

„Das ist das Skurrile", erläuterte Christian. „Er hatte bereits zugesagt, als es mir wieder in den Sinn kam. Ich kramte den Artikel aus meinem Rucksack, reichte ihn ihm und er versank in ein merkwürdiges Schweigen. Es schien plötzlich, als käme es ihm gerade Recht, dass wir und dort oben einquartierten. Ganz so, als – als -"

„ - als witterte er einen neuen Fall für uns?" Einer Eingebung folgend, beendete Andreas den Satz. Dabei wusste er nicht mal, ob es eine Frage oder eine Feststellung war. Ohne Christians Antwort hätte er genauso wenig sagen können, ob er es ausgesprochen oder lediglich gedacht hatte.

„Exakt. Und wenn dem tatsächlich so sein sollte, hält er garantiert mehr von uns als die meisten anderen. Vor allem die Erwachsenen."

„Aber jetzt freuen wir uns erstmal", meinte Andreas. „Und bereiten uns vor. Es gibt noch einiges zu erledigen, bevor wir uns in die Abgeschiedenheit der Berge zurückziehen können."

„Richtig", stimmte Christian zu. „Wir müssen Koffer packen,

Planungen für den Haushalt vornehmen, uns um den Transport kümmern, Zugtickets kaufen und noch einige andere organisatorische Dinge in die Wege leiten."

„In den Bergen können wir dann so richtig ausspannen", gluckste Andreas voller Vorfreude. „Keine Verpflichtungen, keine Termine. Die Seele nach Herzenslust baumeln lassen. Das bisschen Haushalt kriegen wir schon hin."

„Absolut. Ich werde nochmal Rücksprache mit den anderen halten, was wir dort oben alles brauchen. Dann melde ich mich wieder."

„So soll's sein. Einen Hinweis geb ich euch allen schon im Voraus. Max wird Bescheid wissen, der ist ja genauso naturverbunden wie ich. Und Nathalie wird wohl bereits in der Hütte gewesen sein."

„Erzähl", drängte Christian wissbegierig, „was meinst du?"

„In den Bergen kann es sehr kalt werden", erläuterte Andreas. „Vor allem nachts. Selbst in warmen Sommermonaten muss man sich dessen bewusst sein. Wir wissen nicht, auf welcher Höhe die Hütte liegt. Das sollten wir unbedingt in Erfahrung bringen. *Vor* der Reise, versteht sich. Mit rauem Bergklima ist nicht zu spaßen. Je höher der Aufstieg, desto ernster kann es dementsprechend werden. Wie hoch liegt denn die Hütte?"

Christian hatte es kurz die Sprache verschlagen.

„Bist du noch dran?"

„Sicher", stammelte er, „die Hütte liegt auf einer Höhe von knapp 2.000 Metern."

„Oh, das ist ordentlich. Da wird die nächste Zivilisation nicht gleich um die Ecke liegen. Von Einkaufsmöglichkeiten ganz zu schweigen. Rustikale Verhältnisse. Wir werden mit dem Nötigsten auskommen müssen. Handyempfang wird es da oben weniger geben. Die Nutzung von Internet können wir uns komplett aus dem Kopf schlagen." Er hielt inne. „Sei's drum. Wir wollen unseren Urlaub genießen und uns an der Schönheit der Berge erfreuen. Die Handys können in der Ecke liegen. Da stören sie auch niemanden."

„Seh ich ganz genauso, Andreas. Die eine oder andere Wanderung wird uns allen sicherlich gut tun. Gegen die kalten Nächte packen wir umso wärmere Kleidung ein. Ist doch kein Problem."

„Kriegen wir alles auf die Kette", stimmte Andreas erfreut zu. „Was meinst du? Wann kann es losgehen?"

„Heute ist Freitag. Wenn wir dran bleiben, kann in einer Woche alles geklärt sein. Wir würden uns am Samstag vor Ferienbeginn auf die Reise begeben."

„Nächsten Samstag?" Nun war es an Andreas, die Sprache wiederzufinden.

„Ist das machbar für dich?" Ein Hauch von Sorge schwang in Christians Stimme mit.

„Natürlich, das kam gerade nur ein bisschen überraschend." Andreas lachte gezwungen. „Kein Problem."

„Mach dir keine Sorgen, wir stehen alle hinter dir."

„Weiß ich doch." Andreas wehrte verlegen ab. „Passt schon."

Für einen Moment trat Stille ein. Aufgrund dieser Unannehmlichkeit ergriff Andreas zum letzten Mal das Wort.

„Dann packen wir mal die Koffer. Gibt noch viel zu tun."

„Ganz recht, Andreas. Ich melde mich. Genieß das Wochenende. Bis bald."

„Danke, Christian. Du auch. Wir hören voneinander, wie schon so oft. Bis denn."

Er legte auf. Nicht zu bändigende Vorfreude auf das sich nähernde Wiedersehen machte sich in ihm breit. Nur noch eine Woche. Dann würde er seine Freunde endlich wieder in die Arme schließen dürfen.

Obwohl es ziemlich kalt war, standen die fünf Jugendlichen mit Nathalie am Runenstedter Bahnsteig und warteten auf den Zug. Sie waren in ihre dicksten und wärmsten Winterjacken gepackt. Trotzdem froren sie, da der Wind schneidend kalt um sie herum pfiff und selbst die entlegensten Winkel des Bahnhofs erreichte.

Andreas war noch nicht bei ihnen angekommen; Er war von seinen Eltern in die nächstgelegene Gemeinde gebracht und dort in den Zug gesetzt worden. Dieser würde in den nächsten Minuten in den Hauptbahnhof von Runenstedt einfahren. Dort würden sie sich in wenigen Minuten alle wiedersehen.

„Hast du nochmal was von Andreas gehört, Christian? Ihr habt doch ständig telefoniert in der letzten Zeit." Mira war angenehm aufgeregt. Sie konnte es kaum erwarten, den Jungen in ihre Arme zu schließen.

„Er hat sich kurz nach seiner Abfahrt gemeldet", erklärte Christian. „Da war alles okay. Falls irgendwas schief läuft, wird er mir das mitteilen. Wir brauchen uns also keine Sorgen zu machen."

„Dann kommt er gleich an", meinte Ida und kicherte. „Ich freue mich schon."

„Er scheint wirklich ein toller Kerl zu sein. Ich bin sehr gespannt."

„Du wirst dich mit ihm verstehen, Nathalie. Da bin ich mir sicher."

43

„Wenn du es sagst, Tim."

Aus den Lautsprechern ertönte ein Knacken. „Meine sehr geehrten Damen und Herren, auf Gleis 3 fährt ein: Der Regionalexpress 37 von Senkensief nach Broidenheim über Wermersgrunden, Knabenschön sowie Maedenstoy. Der nächste Halt auf dieser Strecke ist Heidengraf. Abfahrt um 11:05 Uhr. Ich wiederhole: Regionalexpress 37 -"

„Das muss Andreas' Zug sein", verkündete Christian begeistert. Er hatte Mühe, sich gegen den anschwellenden Lärm durchzusetzen.

Wenige Momente später fuhr der Zug ein und kam nach und nach zum Stillstand. Wie in Zeitlupe öffneten sich die Türen und gaben den Blick auf eine Traube von Menschen frei. Unter ihnen ein mittelgroßer Junge mit vollgepacktem Rucksack sowie einem Koffer im Schlepptau. Er mochte um die 14 Jahre jung sein und trug eine dicke Winterjacke sowie eine Mütze. Unter dieser waren seine blonden Haare zu erkennen.

„Da ist er!", rief Mira durch den Lärm und deutete auf den Jungen. „Kommt."

Es waren nicht mal zehn Meter, die zwischen Andreas und den anderen lagen. Dennoch hielten sie es alle für angebracht, ihm entgegenzutreten. Kaum war er aus dem Zug gestiegen, als er seine Freunde erspähte. Seine Miene hellte sich schlagartig auf und er kam seinerseits auf sie zu.

„Hallo, ihr lieben", rief er voller Freude. „Ist das schön, euch zu sehen. Ihr glaubt ja nicht, wie sehr ich diesem Moment entgegengefiebert hab."

„Denkst du etwa, wir nicht?", erwiderte Mira mit gespieltem Raunen und lachte. „Lass dich drücken."

„Wir sind komplett", lachte Christian. „Diesmal sogar mit Bonus." Er trat beiseite und gab den Blick auf Nathalie frei.

„Hallo, du musst Nathalie sein", grüßte Andreas und nannte seinen Namen. „Schön, dass wir uns endlich kennenlernen.

„Hallo Andreas", erwiderte das Mädchen und kicherte. „Ja, ich bin Nathalie. Angenehm."

Sie begrüßten untereinander und freuten sich, als die Lautsprecher ein weiteres Mal knackten. „Meine sehr geehrten Damen und Herren, auf Gleis 5 fährt ein: Der Schnellexpress 43 von Haukenginst nach Seppertenspitz vor der Grube über Gumpenbach, Gelbersbroich sowie Weidenbeck. Der nächste Halt auf dieser Strecke ist Mühringen. Abfahrt um 11:23 Uhr. Ich wiederhole -"

„Den nehmen wir, Freunde", erklärte Christian.

Drei Minuten später rauschte der Zug in den Bahnhof ein und die sieben Freunde stiegen ein. Nun konnten sie nach Herzenslust quatschen und einander erzählen, was sie seit vergangenem Sommer alles erlebt hatten. Natürlich beratschlagten sie genauso, was sie während der anstehenden Ferien alles machen konnten.

Kurz, bevor sich der Zug in Bewegung setzte, knuffte Mira Christian sanft, aber bestimmt in die Seite.

„Guck dir den Typ da vorne an", murmelte sie belustigt in sein Ohr und deutete mit dem Finger die Richtung an. „Der will um jeden Preis auffallen."

„Davon ist auszugehen", raunte Christian leise. „Mit diesem quietschroten Dress kann der einem glatt die Netzhäute wegflemmen. Dann diese dicken blonden Locken, die ihm überall ins Gesicht fallen."

„Der dichte Rauschebart rundet das Aussehen perfekt ab, findest du nicht?", scherzte Mira.

Die beiden lachten leise.

„Was ist so witzig?", fragte Andreas. Auch Tim hatte Aufmerksamkeit für die Tuscheleien entwickelt. Mira erklärte den beiden, was los war.

„Du lieber Himmel", entsetzte sich Tim. „Ist der in einen Farbeimer gefallen? Das grenzt ja an Körperverletzung."

Die anderen sahen ihn erstaunt an.

„Uns gegenüber", ergänzte Tim erbost. „Was nur in manchen Leuten vor sich geht -"

Einen Moment lang starrten die anderen den Jungen an. Dann brachen sie in schallendes Gelächter aus. Tim verstand überhaupt nichts mehr.

„Kriegt euch wieder ein", ermahnte Christian und verfiel sogleich in diffuse Gedanken. „Seltsam", fuhr er gedämpft fort. „Ich werde das Gefühl nicht los, dass ich diesen Kerl kenne."

„Bitte, wie?" Diesmal war es an Miriam, sich zu empören. „Was – woher -?

„Wenn ich das wüsste – Natürlich kann ich mich irren, aber – ich weiß nicht. Irgendwo hab ich ihn schon mal gesehen."

„Bist du sicher?", fragte Tim.

„Das klingt vielleicht seltsam, aber – ja! Absolut! Ich bin diesem Typ bereits begegnet. Aber fragt mich bitte nicht, wo oder wann oder warum -

Er brach ab.

„Ist wahrscheinlich schon länger her."

„So wird's sein", entgegnete Andreas. „Liegt vermutlich schon viele Jahre zurück."

Ohne ein weiteres Wort zu sagen, verfielen die Freunde in ein nachdenkliches Schweigen. Andreas hatte keine konkrete Ahnung, warum. Doch irgendetwas sagte ihm, dass die Begegnung zwischen Christian und diesem auffallend gekleideten Mann definitiv noch kein Jahr zurücklag. Geschweige denn Mehrere.

Die Fahrt verlief überwiegend ruhig. Es gab keine großartigen Turbulenzen oder Unterbrechungen. Zwischendurch hatten sich die Freunde darüber ausgetauscht, welche Neuigkeiten sich mittlerweile angehäuft hatten; Mira arbeitete, wie sie alle mitbekommen hatten, mit großem Erfolg bei *Paper's Best*. Familie Donnenwäldern hatte sich ein Katzenbaby zugelegt. Mit viel Liebe und Fürsorge kümmerten sich Ida und ihr jüngerer Bruder Damian um das Tier. Max half mittlerweile regelmäßig bei *Green Paths* aus. Als begeisterter Naturfreund leitete er geführte Wanderungen durch dichte und abgelegene Teile verschiedener Nationalparks in und um Kadenflucht. Das war die nächstgelegene Stadt nördlich von Runenstedt. Bis zu Mira im Südbezirk war es demnach nur ein Katzensprung. Nathalie hatte bei *Paper's Best* gearbeitet. Als Mira in ihre Fußstapfen getreten war, hatte sie von der Schule aus zwei Monate im Ausland verbracht. Sie hatte in der Nähe eines berühmtberüchtigten Moores in England gelebt. Zusammen mit seiner jüngeren Schwester Mascha, hatte Tim sturmfreie Bude gehabt. Die Mutter war auf zweiwöchiger Geschäftsreise gewesen. Zur seelischen Unterstützung war der Vater mitgeflogen. Christian hatte, wie Tim, nicht viel erlebt. Aber die Gespräche mit Andreas waren für ihn allesamt sehr schön gewesen. Zum Abschluss berichtete Andreas, dass er seit einiger Zeit dabei sei, sich das Klavierspielen selbst beizubringen. Ansonsten gebe es nichts Besonderes zu berichten.

„Jetzt zur Berghütte." Mira wandte sich Nathalie zu. „Was wird dort auf uns warten? Was die Aufgaben angeht, mein ich?"

Falls Mira Großartiges erwartet hatte, wurde sie enttäuscht.

„Es gibt nichts Besonderes dort oben", erwiderte Nathalie trocken. „Wir sollen uns lediglich um das Haus kümmern; Die Blumen gießen, abstauben, ein paar Dinge entsorgen, eventuell den Boden wischen. Um den Abwasch und unseren eigenen Abfall kümmern wir uns sowieso."

„Logisch", stimmte Mira zu. Sie schien tatsächlich ein wenig enttäuscht. Doch, wie sie alle wussten, würde das nur von kurzer Dauer sein.

Nach gut vier Stunden Zugfahrt, waren sie auf dem besten Weg zum Zielbahnhof. Seppertenspitz vor der Grube war eine Kleinstadt mit rund 50.000 Einwohnern. Sie lag in bergigem Vorland. Somit war es bis zu den Ascherslebener Gipfelpässen nicht mehr allzu weit. Der Zug hielt gerade in Dächersweyk, dem letzten Halt vor der Endstation. In einer halben Stunde konnten sie endlich aussteigen.

Der Mann in rot fährt auch bis zur Endhaltestelle, dachte Andreas und musterte ihn erneut. Wo er wohl hin will? Vielleicht macht er Urlaub in den Bergen, wie wir. Ein sonderbarer Zeitgenosse. Ich denke, ich werde – ja, wer weiß, wofür es gut ist? Kann nicht schaden.

Die Ansage ertönte: Meine sehr geehrten Damen und Herren, unser nächster planmäßiger Halt ist Seppertenspitz vor der Grube. Diese Fahrt endet hier. Wir bitten Sie alle, auszusteigen und wünschen Ihnen noch einen schönen Tag. Nächster Halt ist Seppertenspitz vor der Grube.

Die Freunde bereiten sich auf den Ausstieg vor. Mit Rucksäcken und Koffern im Anschlag standen sie an der Tür. Das Gleis raste vor ihren Augen vorbei. Mit abnehmender Geschwindigkeit stieg die Freude stetig an. Gleich würden sie aussteigen.

Um sich dem Gedränge zu entziehen, beschloss Andreas, den Zug an der anderen Tür des Wagons zu verlassen. Das war jedoch nicht der eigentliche Grund; Er wollte den roten Mann noch einmal sehen – aus nächster Nähe. Dieser schien ihn nicht zu bemerken, als Andreas knapp zwei Meter neben ihm stand. Kein Wunder! Sicherlich war auch er froh, endlich aussteigen und sich die Beine vertreten zu können.

Dem Jungen fiel nichts Besonderes auf. Nicht, dass er das erwartet hatte, doch diesen zweiten Blick hatte er noch erhaschen wollen.

Sie stiegen aus.

„Da bist du ja", lachte eine weibliche Stimme. „Ich dachte schon, wir hätten dich verloren."

Andreas wirbelte herum. „Du bist's, Mira."

„Na, ein Geist bin ich jedenfalls nicht. Warum bist du denn hier hinten ausgestiegen?"

„Ich dachte mir, es könnte nicht schaden -"

Er brach ab, als er merkte, wie ihre Augen langsam größer wurden.

„Du hast diesen Kerl nochmal unter die Lupe genommen".

Andreas fühlte sich ertappt.

„Und, ist dir irgendwas aufgefallen."

„Nein, nichts. Ein ganz gewöhnlicher Mensch wie du und ich. Bis auf -" Er deutete an sich herunter.

„Versteh schon. Wohin ist er denn gelaufen? An uns ist er nämlich nicht vorbei." Sie warf einen Blick zu Christian und den anderen.

„Na, hier lang." Andreas deutete in die entgegengesetzte Richtung. Sogleich stutzte er; Keine fünf Meter von ihm entfernt endete der Bahnsteig. Sein Finger zeigte ins Leere. Mira war ebenso verdutzt wie er.

Der seltsame Kerl war auf mysteriöse Weise verschwunden. Er war buchstäblich im Erdboden versunken. Wie ein geisterhaftes Phantom hatte er sich ohne Vorwarnung in Luft aufgelöst. Nichts ließ darauf schließen, dass er jemals hier gewesen war. Dennoch war er den beiden verstörten Jugendlichen in diesem Moment präsenter als während der gesamten Zugfahrt.

Andreas hatte ein zunehmend mulmiges Gefühl in der Magengegend. Er sah Mira an der Nasenspitze an, dass es ihr nicht anders erging.

Ihre Blicken verrieten einander alles: Sie würden den Roten wiedersehen. Die Frage war nur, ob in guter oder in böser Absicht.

Kapitel 4 – Gefesselte Augen

„Was soll das heißen, er ist verschwunden?"

„Dass soll heißen, dass er plötzlich nicht mehr da war. Keine Spur von ihm. Als wäre er nicht mal im Zug gewesen."

„Äußerst rätselhaft."

Christian wusste nicht, was er davon halten sollte. Den übrigen Vieren war die Sache auch nicht ganz geheuer.

„Was war das nur für ein Kauz? Verlässt den Zug und verschwindet im selben Moment auf nimmer Wiedersehen. Wenn der uns die Ferien vermiest -"

„ - Ich wüsste nicht, wie und warum er das tun sollte, Christian", bremste Mira den Jungen sanft aus. „Der hat doch Besseres zu tun, als einer Gruppe Jugendlicher auf die Nerven zu gehen. Wenn nicht, ist er wirklich zu bemitleiden."

„Hast ja Recht." Christian beruhigte sich. „Lasst uns unser Gepäck schnappen und den Endspurt zur Berghütte angehen. Die Seilbahn soll ja keine 500 Meter von hier entfernt sein."

„Dann los", rief Max erfreut und trieb die Gruppe an. „Dort längs."

„Immer den Bergen entgegen." Andreas ließ seiner Freude kompletten Freiraum. „Ist das schön!"

Nach ungefähr zehn Minuten hatten sie die Talstation erreicht. Von hier aus fuhr die Seilbahn auf eine Höhe von knapp 2.100 Metern. Um zur Hütte zu gelangen, mussten sie noch einen abschüssigen Pfad von der Bergstation aus hinabsteigen. Vor der Hütte ließen sie von ihrem Gepäck ab und nahmen auf zwei Bänken Platz. Jetzt war durchatmen angesagt.

„Als hätte jemand meine künstliche Sauerstoffzufuhr abgedreht", meinte Max, den Blick begeistert auf das Panorama vor ihnen allen gerichtet.

„Was meinst du?", fragte Mira.

„Dass es atemberaubend ist. Seht euch nur diese Unberührtheit der Berge an."

„Klare Luft und strahlender Sonnenschein", ergänzte Andreas zur Bestätigung. Er verstand genau, was Max meinte. „Die reinste Luft auf dem gesamten Planeten. Und wir sitzen an der Quelle. Wenn es ginge, würde ich nie wieder aufstehen."

Auch Christian genoss die Aussicht, sagte jedoch nach einigen Momenten: „Nur geht das leider nicht. Wir haben ein bisschen was zu erledigen. Und heute Abend wird die Sonne untergehen."

Mira stöhnte mit gespielter Verärgerung. „Du verstehst es wirklich, einem den Moment zu vermiesen."

Christian wusste diese Ironie zu schätzen. „Gerne doch. Musst dich nicht bedanken."

Sie streckte ihm die Zunge raus.

„Nun kommt schon", raunte Tim, der solche Situationen liebend gern umging. „Lasst uns das Gemäuer mal von innen inspizieren. Ich bin schon sehr gespannt, was uns erwartet."

Nathalie kramte den Schlüssel aus ihrem Handgepäck und schloss die massive Haustür auf. Nacheinander traten alle ein. Sie waren sehr erfreut über das Bild, das sich ihnen bot; Kaum hatten sie die Diele hinter sich gelassen, offenbarte sich ihnen der ganze Charme der Berge ein zweites Mal. Es erweckte den Eindruck, als sei die Schönheit der rauen Felsgiganten in jeden Winkel dieser urigen Hütte eingekehrt. Vor Ehrfurcht erstarrt standen die Freunde da und staunten über ihre Bleibe für die nächsten zwei Wochen.

„Das ist wunderschön", hauchte Andreas, der kaum andere Worte dafür fand.

„Ich war länger weg als ich dachte", sagte Nathalie und beschwichtigte damit gleichzeitig die Aussage des Jungen. Sie sahen einander an und lächelten.

„Die Nationalparks im Kadenfluchter Umland sind das Eine. Berge dagegen sind eine ganz eigene Klasse für sich." Auch Max war absolut fasziniert von dem, was sie hier sahen. Die Aussicht auf zwei Wochen in dieser Hütte erschienen ihm plötzlich wie ein langersehnter Traum. Genau genommen war es das auch. Er konnte nicht sagen, wann er zuletzt in den Bergen gewesen war. Geschweige denn in einer Höhe von 2.000 Metern über dem Meeresspiegel.

„Das werden tolle Ferien!", fasste Mira die Situation zusammen. „Kommt, lasst uns einen kurzen Blick in alle Zimmer werfen. Das wird es vereinfachen, uns für die Nächte und Ähnliches aufzuteilen."

Ihr Vorschlag traf auf Zustimmung. Gemeinsam gingen sie durch das Haus und sahen sich Raum für Raum an. Im Erdgeschoss befanden sich die Küche, die Wohnstube, ein geräumiges Gästezimmer, ein kleines Gästebad sowie eine Abstellkammer. An der Hinterseite des Hauses – unter der Treppe – führte eine Tür nach draußen. Das musste die Tür sein, von der aus Herr Kravinski den Dämon im Mondschein erblickt hatte. Den Freunden grauste es.

Im oberen Stockwerk fanden sie sowohl das Arbeits- als auch das Schlafzimmer des Buchhändlers vor. Ein weiteres größeres Bad befand sich am anderen Ende des Korridors. In einer kleinen gemütlichen Bibliothek beendeten sie den Rundgang.

„Ist doch alles sehr schön hier", stellte Tim zufrieden fest.

„Nicht zu groß, nicht zu klein, sondern genau richtig für eine Auszeit in luftiger Höhe."

„Du sagst es. Ich genieß es auch immer sehr, wenn ich zur Abwechslung ein wenig Zeit hier oben verbringe."

„Sehr gut. Wer belegt denn welches Zimmer?"

Mira sah gespannt in die Runde.

„Unten sah es sehr gemütlich aus. Wir Jungs können uns dort einquartieren. Dann habt ihr Mädels auch das größere Bad. Was den Platz in Gäste- und Schlafzimmer angeht, macht es kaum einen Unterschied."

„Das hört sich vernünftig an", beschwichtigte Christian. „Geht ihr auf Andreas' Vorschlag ein?"

„Machen wir", erwiderte Nathalie. „Passt euch das auch?"

Max und Tim nickten, sagten jedoch nichts.

„Wunderbar", ergriff Mira das Wort. „Dann lasst uns in Ruhe die Zimmer beziehen. Erstmal ankommen und einrichten. In einer Stunde finden wir uns in der Wohnstube zusammen. Dann sehen wir weiter. Einverstanden?"

Sie waren einverstanden und zogen sich in ihre Räumlichkeiten zurück. Da in beiden Schlafzimmern nur jeweils ein Bett stand, griffen sie auf Schlafsäcke und Isomatten zurück. Die Jungs hatten den Vorteil, das Gästebett zusammenklappen zu können. Das ermöglichte es ihnen, sich ein bisschen mehr auszubreiten als zunächst befürchtet. Die Koffer und Rucksäcke ließen sie unausgepackt. So konnten sie sich bei Bedarf unbeschwert bedienen.

Bei den Mädchen verhielt es sich ähnlich. Mit dem Unterschied, dass Mira im Bett liegen durfte. Zumindest die ersten Nächte. Danach sollten auch die beiden anderen nacheinander den Komfort der gemütlichen Koje genießen dürfen.

Knapp eine Stunde später trafen sie sich wie vereinbart. Sie wollten eine Lagebesprechung durchführen; Was gab es zu erledigen? Wer sollte sich um was kümmern? Welche Vorschläge gab es für die Mahlzeiten. Ferner noch, wie sollten sie überhaupt an Lebensmittel herankommen? Es gab weit und breit kein einziges Geschäft. Nicht mal einen kleinen Laden für das Nötigste. Wenn überhaupt stand irgendwo eine vereinzelte Berghütte. Doch selbst dann stellte sich die Frage, ob diese bewirtschaftet war oder lediglich zum Schutz vor Unwettern diente. Wanderer, die von plötzlich heraufziehenden Stürmen überrascht wurden, gab es viele. Herr Kravinski hatte selbst davon erzählt.

„Keine Sorge", begann Nathalie und lachte. „Wir werden nicht verhungern. Jede Woche kommt ein Lebensmitteltransporter aus dem Tal hierher. Er bringt Obst, Gemüse, Fisch, Fleisch, Käse, Brot, Getränke und allerhand andere Dinge mit. Frische Ware aus der Region. Die Milch ist unschlagbar, soviel sei gesagt. Und erst die Säfte." Sie machte eine vielsagende Geste.

„Wann kommt dieser Transporter denn vorbei?", fragte Max.

„Dienstags, donnerstags und samstags. Jeweils gegen zehn Uhr. Man kann sogar Bestellungen aufgeben. Natürlich nichts Großes, aber wir brauchen hier oben ja nur das Nötigste."

„Und wie verpflegen wir uns bis dahin -?"

„In den Küchenschränken sind immer Konserven auf Vorrat. Zwar nicht der pure Luxus, dennoch wird es uns an nichts mangeln. Vertrau mir." Sie zwinkerte Tim wohlwollend zu.

„Was haltet ihr von einer schönen Wanderung?", warf Max begeistert ein. „Du kennst doch sicherlich die eine oder andere Strecke? Für mich darf sie auch gerne ein bisschen anspruchsvoller sein." Er lächelte verschmitzt.

„Du wirst auf deine Kosten kommen, da bin ich mir sicher",

entgegnete Nathalie. „Onkel Aleksander hat unzählige Wanderkarten in seinem Arbeitszimmer und in der Bibliothek. Würde mich nicht wundern, wenn wir in seinem Schlafzimmer ein weiteres Sammelsurium davon fänden."

„Was kann man hier sonst noch erleben?", fragte Christian neugierig.

„Es gibt einige Aussichtspunkte in den Ascherslebener Gipfelpässen. Zwei davon sind ganz in der Nähe. Der einzige Haken besteht darin, dass sie oberhalb dieser Hütte liegen. Die meisten anderen sind ein bisschen weiter entfernt. Hin- und Rückwege sind aber innerhalb eines Tages locker drin. Selbst bei gemütlichem Tempo. Ich kenne noch drei Weitere; Sie befinden sich östlich, südwestlich und westlich von hier. Dafür sollte man aber mindestens eine Nacht mit einplanen. Da fällt mir gerade ein, dass die drei schon gar nicht mehr zu den Gipfelpässen zählen. Von daher -" Sie zuckte mit den Schultern.

„Ich könnte mir vorstellen, dass das was für Andreas und mich wäre", gab Max sehnsüchtig zu bedenken. „Andererseits wollen wir natürlich alle was davon haben."

„Das finde ich auch", meinte Mira und sah Max beinahe vorwurfsvoll an. „Wir sind hier, um gemeinsam Ferien zu machen. Wenn mal Luft ist, gerne. Aber wir wollen unser Wiedersehen genießen."

„Hast ja Recht, das seh ich ein."

„Ganz nebenbei", warf Christian ein. „Wollen wir langsam mal was kochen? Ich hab einen Bärenhunger." Wie aufs Stichwort, meldete sich sein Magen. Er sah verdutzt in die Runde und alle mussten lachen.

„Hättest du noch kurz gewartet, dann hättest du gar nichts mehr sagen müssen."

Diesen Kommentar hatte Mira sich nicht verkneifen können.

Manche Dinge mussten einfach ausgesprochen werden.

Sie begaben sich in die Küche und begannen, das gemeinsame Abendessen vorzubereiten. Draußen war es mittlerweile stockfinster geworden. Da nirgendwo im gesamten Haus Rollläden angebracht waren, zogen sie die Vorhänge zu. Niemand wollte es sich anmerken lassen; Doch insgeheim wussten sie alle, dass jeder von ihnen von einer gewissen Beklemmung ergriffen worden war.

Das Abendessen verlief relativ schweigsam. Um den Tisch versammelt, hingen sie über den Tellern und verzehrten ihre Portionen; Erbsen- und Möhrengemüse, angereichert mit zerkleinerten Champignons in einer dunklen würzigen Soße. Auf die Schnelle hatten sie Nudeln dazu gekocht. Der Einfachheit halber hatten sie auf Fleisch verzichtet.

Nach dem Essen machten sie es sich in der Wohnstube bequem. Max und Tim hatten kurzerhand angeboten, den ersten Abwasch zu übernehmen. Eine viertel Stunde später hatten sie sich zu den anderen dazugesellt. Sie quatschten noch eine ganze Zeitlang miteinander, bis sich Tim als Erster in die Nacht verabschiedete. Ida und Max folgten ihm kurz darauf. Die übrigen Vier blieben noch einen Moment beieinander sitzen. Still und zufrieden genossen sie die Gemütlichkeit im Licht einer dämmrigen Lampe. Bald beschlossen Mira und Nathalie, sich ebenfalls zur Ruh zu legen.

Andreas und Christian saßen noch kurz schweigend da. Etwas beschäftigte seinen Freund, das hatte Andreas schon die ganze Zeit gespürt. Er konnte sich auch denken, was das war. Vielmehr noch, er wusste ziemlich sicher, dass *er* es war. Andreas konnte nicht anders, als den Jungen einem Impuls folgend direkt darauf anzusprechen.

„Du überlegst immer noch, woher du ihn kennst, richtig?"

Obwohl er leise und sanft gesprochen hatte, schreckte Christian aus seinen Gedanken hoch.

„Ist das nicht irgendwie logisch, wenn dir jemand so vertraut vorkommt, du aber keinen blasses Schimmer hast, woher?"

Andreas antwortete nicht, sondern hörte nur zu.

„Vertraut im Sinne von, dass du ihn kennst, nicht dass -" Er brach ab.

Andreas lächelte. „Wir haben alle mal unsere fünf Minuten. Bei Manchen sind es tatsächlich fünf Minuten. Bei Anderen beginnt es vor der Geburt und endet, wenn überhaupt, lange nach dem Tod. Nichts, wofür wir uns schämen sollten. Ich schäm mich eher fremd, wenn andere mich nicht so akzeptieren, wie ich bin."

„Das sind weise Worte", sagte Christian anerkennend. „Falls es wichtig ist, werde ich mich daran erinnern, wer, woher, von wann und so weiter." Er machte eine kurze Pause und seine Züge wurden sanfter. „Und wenn nicht -"

„ - dann ist es auch nicht wichtig."

„Du sagst es."

Sie lachten.

„Na komm", meinte Christian. „Ab in die Kojen. Wir haben einen anstrengenden Tag hinter uns. Max und Tim wundern sich bestimmt schon, wo wir bleiben."

„Dem schließe ich mich ohne weitere Kommentare an."

Sie klopften einander freundschaftlich auf die Schultern. Dann begaben sie sich in Richtung Gästezimmer. Wenige Minuten später war außer den regelmäßigen Atemzügen von sieben schlafenden Jugendlichen nichts mehr zu hören. Die Stille der Berge hatte sich wie eine Decke über das Haus gelegt.

Über ihm lag die Decke des Raums. Schweigend sah er zu ihr hinauf. Nach und nach nahm er die Atemzüge weiterer Personen wahr. Sie waren ganz in seiner Nähe. Er musste nicht lange überlegen, bis es ihm abrupt in den Sinn kam; Gemeinsam mit Christian, Mira und den Übrigen befand er sich in der Berghütte des Buchhänlers, Nathalies Onkel. Es musste tief in der Nacht sein. Bis auf die Atemzüge drang kein Geräusch an seine Ohren. Doch er verstand nicht, warum er aufgewacht war. Für gewöhnlich war das nämlich gar nicht seine Art. Das heißt, an sich war es das schon. Aber in jenen Situationen hatten stets andere Bedingungen geherrscht.

Normalerweise wachte er nachts das eine oder andere Mal auf. Durchaus keine Seltenheit. In solchen Fällen drang jedoch meist der Widerschein einer Lichtquelle durch das Fenster. Vom Mond oder einer Straßenlaterne. Manchmal lief jemand durchs Haus, um auf Toilette zu gehen, etwas zu trinken oder Ähnliches. Das Haus, in dem Familie Fojruß lebte, war sehr hellhörig. Wenn absolute Stille herrschte, konnte man eine Stecknadel fallen hören.

Hier in der Berghütte musste es jedoch etwas Anderes sein; die dunklen blickdichten Vorhänge waren komplett zugezogen. Da hatte selbst der Mond kein leichtes Spiel. Straßenlaternen gab es kaum. Vermutlich eine pro Kilometer. Andreas schmunzelte innerlich. Ganz davon abgesehen, dass diese dem Mond an Helligkeit nicht mal ansatzweise das Wasser reichen konnten. Somit keine Lichtquelle, die Andreas sanft hätte wachküssen können. Dementsprechend stand die Frage wie ein unerwünschter Eindringlich im Raum: Wovon war Andreas aufgewacht?

Ein beklemmendes Gefühl sagte dem Jungen, dass die eigentliche Frage ein wenig anders lautete: Nicht von was, sondern von *wem* war er aufgewacht?

Das zunehmend unangenehme Gefühl ließ es ihm schlagartig bewusst werden: Da draußen war jemand! Irgendwer schlich ums Haus, in der Hoffnung, einen Blick auf die Neuankömmlinge werfen zu können. Diese ungebetenen Gäste, die sich ohne Einwilligung Zutritt verschafft hatten. Sie waren in fremdes Territorium vorgedrungen. Dem musste Einhalt geboten werden.

Andreas sah sich im Zimmer um; Seine Augen hatten sich an die Dunkelheit gewohnt. Das Mondlicht wurde beinahe vollständig von den Vorhängen zurückgehalten. Der schwache Widerschein war lediglich zu erahnen. Falls jemand außer den vier Jungs anwesend war, würde Andreas ihn bestenfalls hören.

Andererseits konnte er sich nicht vorstellen, dass jemand hier war; Wer würde mitten in der Nacht in eine einsame Berghütte einsteigen? Wie hätte derjenige ins Haus gelangen sollen? Vor allem – *warum*? Welcher Sinn verbarg sich dahinter?

Die simple Antwort: Es ergab keinen Sinn. Er war aufgewacht, weil die Dielen geknarrt hatten. In der gesamten Hütte war Holz verbaut. Das Holz atmete. Es arbeitete und knackte es ab und an. Nichts Besonderes. Ein natürlicher Prozess. Die Umgewöhnung an eine neue Umgebung -

Andreas erstarrte. Das schwache Licht jenseits des Vorhangs hatte geflackert. Eine Einbildung? Zu dieser nächtlichen Stunde konnten die Sinne durchaus ihre Streiche spielen.

Es flackerte erneut. Nein, dieses Mal hatte Andreas sich das definitiv nicht eingebildet. Kein Zweifel: Da draußen schlich jemand ums Haus herum.

Der Junge nahm all seinen Mut zusammen, stieg aus dem Schlafsack und suchte mit den Händen nach der Wand. Kurze Zeit später hatte er sie gefunden und bahnte sich seinen Weg zum Fenster. Schritt für Schritt näherte er sich dem Ziel, bis er den modrigen Geruch des Vorhang wahrnahm. Er hielt inne und atmete durch, um sich zu beruhigen. Langsam und vorsichtig schob er den Vorhang ein Stück beiseite. Er wagte es, einen Blick nach draußen zu werfen.

Ehe er sich's versah, geschah es: Er hatte den Vorhang gerade soweit zurückgezogen, um wahrnehmen zu können, wie eine Gestalt am Fenster vorbeihuschte. Wie aufs Kommando, ließ er von dem Stoff ab und presste sich gegen die Wand. Sein Herz hämmerte, als wollte es den Brustkorb zertrümmern. Die Augen waren vor Schreck weit aufgerissen. Andreas hätte vermutlich *alles* darum gegeben, dass in diesem Moment das Licht im Zimmer gebrannt hätte.

Obwohl es ein Widerspruch in sich war, konnte Andreas nicht anders; Er zog erneut den Vorhang beiseite und stierte in die Dunkelheit. Draußen war alles still. Kein Geräusch drang an seine Ohren. Der Mond hing als schweigender Beobachter hoch oben am Nachthimmel und spendete der Umgebung sein kühles, fades Licht. Die schwach beschienene Berglandschaft erinnerte Andreas an den Mond selbst. Mit seinen Kratern und den zerklüfteten Ebenen unergründlicher Einsamkeit.

Für einen Moment war seine Panik wie vergessen. Er blickte gen Himmel und genoss den Anblick des Mondes. Dieses wunderschöne Gestirn weit über ihnen allen. Von der Sonne beschienen, um die Nacht zu erhellen. Eine Eleganz -

Andreas nahm etwas in seinem unteren Sichtfeld wahr. Mit

Unbehagen senkte er langsam den Blick – und erschauderte.

„Mit Natan hat es begonnen und es wird kein Ende nehmen."

Ein hohes, markerschütterndes Lachen ließ Andreas erstarren und das Blut in seinen Adern gefrieren. Er wollte nicht hinsehen, doch der Anblick fesselte seine Augen. Der Mond war in diesem Moment völlig gleichgültig. Die Berglandschaft, die Hütte, die Freunde, die Ferien. Alle diese Dinge, aufgrund derer er hier war, schienen mit einem Mal überflüssig und absolut irrelevant.

Das Einzige, was gerade zählte, war dieses Gefühl, einer Ohnmacht gleich; Der frostig kalte Blick aus diesen glühend roten Augen.

Kapitel 5 – Natans böse Geister

„Aaaargh!"
Ein weiterer Schrei.
Die beiden starrten einander an. Schrien einander an.
Andreas hatte gar nicht gemerkt, dass der zweite Schrei von ihm ausging.

Wie von unsichtbaren Händen gepackt, wurde der Junge vom Fenster weggezogen. Polternd krachte er auf den harten Boden – mit dem Rücken voran. Schmerz und Überraschung gleichermaßen ließen leuchtende Sterne vor seinen Augen tanzen. Er stöhnte auf. Ein Zischen ertönte.

„Was ist denn los?", fragte eine müde Stimme. „Mach nicht so nen Lärm."

„Hilfe!"

Wie sehr wünschte sich Andreas, dass wenigstens einer der Jungs aufwachte und das Licht anknipste. Das Zischen ertönte zum zweiten Mal.

„Zu Hilfe! Wacht doch auf!"

Wenn er nur selbst auf den Schalter hätte drücken können – doch er war wie gelähmt.

„Leute – macht schon – der Dämon -"

Irgendwo vor ihm in der Dunkelheit regten sich hektische Bewegungen.

„Der Lichtschalter!"

Die Person richtete sich auf und stand mit einem Mal kerzengerade. Insofern das in der Finsternis zu erkennen war, sah sie sich erst zu ihrer Linken und dann zur Rechten um. Ei-

ligen Schrittes bewegte sie sich vorwärts und kollidierte sogleich mit der Wand. Der nächste Weg führte zurück auf die
Isomatte. Gefolgt von einem schmerzerfüllten „Mann, ist das
hart."

Das dritte Zischen.

„Christian, Max, wacht auf", rief Andreas. Die Lähmung in
seinem Körper hatte nachgelassen, sodass er aufstehen konnte. Er lief zu der Stelle, an der er den Lichtschalter vermutete
und – *knips* – ließ das Zimmer von gleißender Helligkeit durch-
fluten.

„Mach das Licht aus", wimmerte Max und hielt sich die Hände vor die Augen.

„Was machst du denn da?", grummelte Christian nicht weniger verärgert.

„Kommt schnell ans Fenster", raunte Andreas und bedeutete
ihnen mit einer fordernden Handbewegung, sich zu beeilen.

„Hast du einen Geist gesehen oder was ist los?" Max rieb
sich die verschlafenen Augen.

„Sozusagen", bestätigte Andreas nüchtern.

Max sah ihn verdattert an. Mit dieser Antwort hatte er nicht
gerechnet.

„Du machst Witze."

„Wäre das so, hätte du wohl große Lust, mir den Garaus zu
machen."

„Gedanken lesen kann er auch noch."

„Klartext, bitte, Andreas", bat Christian. „Was hast du gesehen?"

„Den Dämon", erklärte der Junge, woraufhin er verständnis-
lose und verstörte Blick erntete. „Den vermeintlichen Dämon
natürlich. Ich bin aufgewacht und -"

Die Zimmertür flog auf und drei Mädchen stürmten ins Zimmer.

„Was ist passiert? Wir haben Schreie gehört."

Mira sah sich um und ließ ihren Blick prüfend durch den Raum schweifen.

„Andreas hat den Dämon gesehen -!", sprudelte Tim hervor.

„Den – nochmal, bitte, er hat den Dämon gesehen?"

„Wenn ich es dir doch sage -"

„Moment, Moment, wenn Andreas dieses Ding gesehen hat, dann sollte er uns davon erzählen. Immerhin hat er die Entdeckung gemacht."

„Richtig", beschwichtigte Christian.

„Schieß los, Andreas. Was ist geschehen?"

Ihm war nicht sonderlich behaglich, von der Begegnung mit diesem Wesen zu berichten. Doch er sah Mira an der Nasenspitze an, dass sie ihm die Geschichte glauben würde. Sie wussten, dass sie einander vertrauen konnten.

Dass Mira keineswegs an übersinnliche Mächte glaubte, hatte sie zudem gerade bewiesen; Sie hatte den Dämon abfällig als *dieses Ding* bezeichnet. Niemand, der überzeugt an etwas glaubte, würde derart über jene Sache sprechen. Erst recht nicht, wenn dessen Existenz nicht unwiderlegbar bewiesen war.

„Schritt für Schritt, bitte. Alle Details. Jede Kleinigkeit kann von Bedeutung sein."

„Logisch. Das war so: Ich wurde wach, weil – Folgendes -"

Andreas atmete tief durch. Er berichtete, wie sich die nächtlichen Ereignisse zugetragen hatten. In kurzgehaltenen Schilderungen bewegte er sich sachlich von einem Anhaltspunkt zum Nächsten. Dabei ließ er stets den Blick durch die Runde wandern. Er sah in erschrockene, aber auch in aufmerksame Gesichter. Allesamt hörten sie ihm zu und versuchten, das Er-

65

zählte aufzunehmen und einzuordnen. Aufgrund der frühmorgendlichen Stunde mangelte es jedoch bald an der nötigen Konzentration. Nachdem Andreas seinen Bericht beendet hatte, herrschte für einen Moment Stille im Raum.

„An den genauen Wortlaut kannst du dich nicht mehr erinnern?"

„Bedaure, mehr gibt mein Gedächtnis gerade nicht her", erwiderte Andreas stirnrunzelnd. „Ich weiß nur, dass es irgendwas war wie *Mit Natan begonnen* und *kein Ende in Sicht*. Etwas in der Richtung. Mehr weiß ich nicht."

„Morgen wird dir bestimmt mehr einfallen. Das heißt, später beim Frühstück. Es geht ja schon auf fünf Uhr zu. Ich finde, wir sollten uns nochmal hinlegen."

„Ein wahres Wort, Christian", bestärkte Mira mit Nachdruck. „Mit ausgeruhtem Geist lässt sich alles viel objektiver -"

„Seht!", unterbrach Tim die einkehrende Gelassenheit. „Da oben auf dem Berg. In silbriges Mondlicht getaucht. Der Dämon -"

Seine Stimme war nur noch ein Flüstern.

„Tatsächlich."

Eine Raunen ging durch die Menge.

„Wie ist das möglich?"

Tim schien einer Ohnmacht nahe. Täuschte Christian sich oder winselte der Junge? Er wechselte einen kurzen Augenkontakt mit Andreas. Der fragte sich dasselbe.

Wimmer doch bitte nicht rum wie ein Tier vor der Schlachtung, dachte Mira unangenehm berührt. Das ist ja peinlich, was du hier abziehst.

Im nächsten Moment verzogen sie alle die Gesichter; Das Wesen auf dem Felsvorsprung stieß erneut sein hohes Lachen aus. Ein unschönes Quietschen, das buchstäblich durch Mark und Bein ging. Es zischte erneut.

„Seht euch das an!"

Diese Faszination waren die Freunde von Max nicht gewohnt. Jedenfalls nicht, wenn es nicht auf irgendeine Art etwas mit Natur zu tun hatte. Dennoch verstanden sie wenige Sekunden darauf, was der Junge meinte; Der Dämon war in eine dichte weiße Wolke gehüllt. Von ihm selbst war nichts mehr zu sehen. Das schaurige Lachen war mittlerweile verklungen.

Langsam löste sich der Nebel auf; Die Wolke wurde stetig transparenter, bis sie sich schließlich komplett in Luft aufgelöst hatte. Vom Dämon fehlte jede Spur.

„Nun haben wir offiziell mit *Natans bösen Geistern und den unheilverheißenden Seelen der Vergangenheit* Bekanntschaft gemacht."

„Nur dass es sich wahrscheinlich um ein völlig natürliches Phänomen handelt."

Beschwichtigendes Nicken und Murmeln bei fast allen.

„Natürliches Phänomen?!", empörte sich Tim. Seine Angst schien wie verschwunden. „Du glaubst wirklich, dass das da draußen ein natürliches Phänomen war?!" Ungläubiges Lachen schwang in seiner Stimme mit.

„Ich glaube nicht, ich fokussiere mich lediglich auf das, was ich gesehen hab." Mira blieb von Tims Auftreten unberührt.

„Und was hast du gesehen, wenn man höflichst fragen darf."

Die Ironie in Tims Stimme war nicht zu überhören. Mira hingegen bewahrte ihre Fassung.

„Einen Kerl in einer albernen Verkleidung, der uns weismachen will, er sei eine zum Leben erwachte Schreckensgestalt."

„Eine alberne Verkleidung." Tim begann schallend zu lachen, um gleich darauf wieder ernst zu werden. „Und das Lachen? Der Nebel? Sind das auch *natürliche Phänomene*?" Er deutete Anführungszeichen in der Luft an, um Mira zu zeigen, was er von ihrer Aussage hielt. Es sah derart lächerlich aus, dass Mira große Lust bekam, ihm eine Ohrfeige zu geben.

„Treib es nicht zu weit", giftete das Mädchen betont ruhig. Ihre Augen funkelten wild.

„Hört schon auf, ihr beiden." Christian ging vorsichtshalber dazwischen. „Das ist kindisch, wie du dich hier aufführst, Tim. Ich hätte mehr Disziplin von dir erwartet. Mira -"

Der Junge atmete tief durch und besänftigte seinen Ton.

„ - ich glaube ebenso wenig wie du, dass es sich bei diesem Kerl um einen Dämon handelt."

Tim meinte, nicht recht zu hören.

„Das war ein Mensch aus Fleisch und Blut, der sich ein Kostüm übergezogen hat, nicht mehr."

„Pah!"

Tim schnaubte verächtlich, was Christian gekonnt ignorierte.

„Wir können uns gerne detaillierter über die Vorkommnisse unterhalten. Ich stimme Mira zu, dass wir uns eine ordentliche Portion Schlaf gönnen. Später werden wir uns die Situation mit klarem Verstand vornehmen. Da kommt mit Sicherheit mehr herum, als wenn wir uns jetzt damit befassen. Was meint ihr?"

Zustimmung von allen Seiten.

„Wunderbar! Dann haut euch alle in die Kojen und in ein paar Stunden sehen wir weiter. Ich wünsche erholsamen Schlaf."

Die Versammlung löste sich auf.

„Gute Nacht, Jungs. Bis später."

Nathalie gähnte herzhaft. Gleich darauf waren die Mädchen verschwunden.

„Schlaft gut, ihr drei", gähnte auch Andreas. Seltsamerweise hatte ihn die Aufregung müde gemacht.

„Wenn's geht, weck uns bitte nicht nochmal, Andreas", lachte Max gähnend. „Sonst bin ich in diesen Ferien nicht mehr zu gebrauchen. Gute Nacht."

Mit müden Augen versank er in den Tiefen seines Schlafsacks.

„Keine Sorge, Max. Ich bin zuversichtlich, dass mich in den nächsten Stunden nichts und niemand mehr weckt. Träumt was Schönes."

Andreas schloss die Augen.

„Christian, ich – tut mir Leid, das war -"

„ - unangemessen? Wo denkst du hin? Das war äußerst unangemessen."

Sie funkelten wütend. Nur mit dem Unterschied, dass es dieses Mal Christians Augen waren.

„Das hättest du dir vorher überlegen müssen. Ich möchte jetzt schlafen. Wir können uns morgen darüber unterhalten. Als Freund geb ich dir einen guten Ratschlag: Entschuldige dich bei Mira. So viel wird sie von dir erwarten. Außerdem begrenzt das den Schaden. Jetzt versuch bitte, zu schlafen, okay. Es gibt für alles eine Lösung. Später kümmern wir uns um Deine."

Seine Stimme war nur noch ein Flüstern.

„Ich wünsche dir eine gute Nacht. Denk an das, was Herr Tschantaj letztes Jahr gesagt hat: Die Zeit heilt alte Wunden."

Von Andreas und Max waren bereits tiefe gleichmäßige Atemzüge zu hören. Auch Christian hatte sich der Nachtruhe hingegeben. Nur Tim lag noch wach und starrte an die Decke des Raums. Er sah schweigend hinauf.

Da lag er und dachte über diesen großen Fehler nach. Gut 2.000 Meter über dem Meeresspiegel. Niemand konnte ihm in diesen qualvollen Momenten helfen. Er war allein inmitten all dieser Gedanken. Die Gewissensbisse plagten ihn. Belastende Verschmähungen hier, hämische Anprangerungen da. Keine Rettung in Sicht. Er starrte ins Leere und versuchte, den Schmerzen zu entkommen. Keine Chance. Es schien aussichtslos. Im kläglichen Bewusstsein, über das, was er getan hatte, nahm das Schicksal seinen Lauf. Der Junge fügte sich. Es war kaum mehr als ein Flüstern.

„Gute Nacht."

„Gut geschlafen?"

Die Mädchen beäugten die zerknautschten Jungs, als diese zum Frühstück eintrudelten.

„Hatte schon ruhigere Nächte. Aber ich werd's überstehen."

Christian öffnete seinen Mund zu einem weiten Gähnen. Die Hand hielt er gesittet davor.

„Ganz meinerseits", murmelte Andreas und streckte sich.

„Ebenfalls."

Max war kurz angebunden.

Tim blieb stumm. Ihm behagte die Situation nicht. Er wollte sich sobald wie möglich bei Mira entschuldigen. Es war sein Fehler gewesen. Das hatte er eingesehen.

Unsicher lächelte er den Mädchen zu. Miras Blick mied er. Der war ihm nicht geheuer.

„Selbst?"

„Danke, geht schon. Nicht die erholsamste Nacht, aber -"

Mira winkte ab.

„ - die Nächste wird besser. Setzt euch. Wir haben alles vorbereitet."

„Danke", sagte Tim, mied jedoch weiterhin Miras Blick. Die

übrigen Jungs schlossen sich an. Gemeinsam nahmen sie Platz und begannen, zu frühstücken.

Eine ganze Weile saßen sie schweigend da und vergruben sich regelrecht in ihren Mahlzeiten. Schließlich, wenn auch zögerlich, ergriff Nathalie das Wort. Die Ereignisse der vergangenen Nacht mussten rekapituliert werden.

„Sagt mal, wär es okay für euch, wenn wir uns nach dem Frühstück im Wohnzimmer treffen? Es gibt einiges zu besprechen. Dafür, finde ich, sollten wir uns alle zusammensetzen."

„Kleinigkeit", meinte Max und sah von seinem Teller auf. „Was Bestimmtes?"

Stille.

„Ich hab mir gedacht, wir könnten – wenn wir rausgehen – frische Bergluft -"

Sie sah verzweifelt in die Runde.

„ - Einen Spaziergang machen. Die Gegend inspizieren. Das wolltest du sagen, richtig?"

Nathalie war dankbar für Christians schnelle Reaktion.

„Ja, genau das war mein Gedanke. Ihr seid ja zum ersten Mal hier."

Jetzt merkten auch die Übrigen, wie unwohl das Mädchen sich in seiner Haut fühlte.

„Gerne, das kriegen wir hin", meldete sich Andreas zu Wort. „Nur kurz Zähne putzen und dann tauschen wir uns aus."

Gesagt, getan. Sie beendeten bald ihr Frühstück und erledigten die Morgentoilette. Keine 15 Minuten später saßen sie versammelt in der Wohnstube.

„Reden wir nicht drum herum. Wir wissen alle, warum wir hier sind; Der Vorfall heute Nacht hat uns allen zugesetzt. Kein schönes Thema. Aber es ist passiert. Zudem sehe ich persönlich totschweigen als eine der letzten Optionen."

Christian machte eine bedeutungsvolle Pause. Er warf einen durchdringenden Blick in die Runde.

„Außerdem -", er unterbrach sich selbst. Mit verschwörerischer Stimme fuhr er fort. „ - hier oben sind wir sowieso auf uns allein gestellt. Das ist euch doch bewusst?"

Unheilvolles Murmeln ging durch die Anwesenden.

„Wie hast du gedacht, in dieser Sache vorzugehen?"

„Tja, Andreas, wenn ich das wüsste, hätte ich die Runde mit meinem Lösungsvorschlag eröffnet. Aber ich hab Keinen."

„Moment, Moment", fiel Tim dazwischen. „Ihr wollt der Sache nachgehen? Das kann gefährlich werden. Wir wissen nicht, mit wem oder was wir es zu tun haben."

„Das stimmt. Aber dieser Kerl wird nicht von sich aus aufhören, uns den Aufenthalt zur Hölle zu machen. Da müssen wir nachhelfen. In gewisser Weise sind wir doch deshalb hier. Das ist jedenfalls meine Sicht der Dinge. Betrachte es als neues Abenteuer."

„Das hört sich toll an", fand auch Andreas. „Ein Urlaub in den Bergen in das Eine. Kleine Verbrecherjagden nebenbei bieten ein willkommenes Extra. Zugegeben, ich hatte darauf gehofft."

„Ernsthaft?", fragte Tim ungläubig. „Findest du das nicht ein bisschen -", er suchte nach dem passenden Wort, „übertrieben?"

„Eine Weisheit aus meinem Leben: Was meinst du, wie viel Übertriebenes man auf dem Land findet? Kleiner Tipp: Es kann *furchtbar* langweilig sein. Manchmal wünscht man sich, einen Streit vom Zaun zu brechen. Nur damit man ein bisschen Gesellschaft hat. Um speziell auf deine erste Frage zu antworten: Ja, ernsthaft."

Tim war beeindruckt. Er hatte mit Vielem gerechnet. Aber

damit -

„Zurück zum Thema", hakte Nathalie ein. „Wo setzen wir an?"

„Wir haben die dämonische Verkleidung, das Lachen, den Nebel und die bedrohende Aussage", fasste Mira nachdenklich zusammen. „Die Stimmen aus den Wänden fehlen."

„Hinweise im umliegenden Gelände könnten sehr aufschlussreich sein", warf Max ein.

„Vorausgesetzt, wir finden welche."

„Argument, Christian. Touché. Doch dafür müssen wir erstmal rausgehen."

„Du kriegst wohl nie genug Natur, hm?"

„Nicht mal ansatzweise."

„Christian, lass Max in Ruhe."

„Die Naturliebhaber halten wie immer zusammen."

„Hattest du was Anderes erwartet?"

Ein Blick von Christian sorgte für amüsiertes Schweigen.

„Dann lasst uns aufbrechen. Mal sehen, wofür's gut ist."

Mira blickte auffordernd in die Runde.

„Ich hab da noch ne Kleinigkeit."

Alle Augen waren vor Erstaunen auf Tim gerichtet.

„Mira, heute früh hab ich dich vor allen Anderen bloßgestellt. Dafür möchte ich mich aufrichtig entschuldigen. Es war falsch von mir und es tut mir Leid."

Ein Moment annähernd greifbarer Stille setzte ein.

„Danke, das bedeutet mir viel. Entschuldigung angenommen."

Angenehme Berührtheit.

„Jetzt kommt. Wir haben einen Fall zu lösen."

Mira war Feuer und Flamme.

„Die Cleveren Spürnasen sind gefragt!"

Kapitel 6 – Der Spuk geht weiter

Zu fünft hatten sie sich auf den Weg gemacht; Sie wollten die unmittelbare Umgebung der Hütte ins Visier nehmen. Vielleicht hatte die verkleidete Person irgendetwas fallen lassen. Einen Hinweis darauf, woher das unheimliche Lachen kam. Eine Erklärung dafür, wie der seltsame Nebel hatte entstehen können. Einen Teil der Verkleidung. Falls der Geflüchtete auf seinem Weg in die Berge irgendwo hängengeblieben war.

Ida und Tim hatten sich freiwillig bereit erklärt, im Haus zu bleiben. Sie wollten den Pflichten im Haushalt nachkommen. Die anstrengende Nacht hatte ihnen genug abverlangt.

Mira und Nathalie sowie Andreas, Christian und Max waren dementsprechend auf Spurensuche gegangen.

Direkt am Haus gab es nicht viel zu sehen. Alles wirkte wie eine gewöhnliche Berghütte; Die Bänke standen genau da, wo sie gestern gestanden hatten. Um das Haus herum war nichts als abschüssiges Erdreich mit vereinzelten Felsbrocken. Diese waren tief im Boden verankert und keinen Millimeter von der Stelle zu bewegen. Hinter dem Haus gab es ebenso wenig, was hätte verdächtig sein können.

Max deutete in Richtung der Bergkuppe, hinter der sich der Dämon buchstäblich in Luft aufgelöst hatte.

„Da oben sollten wir auch nachsehen."

Christian machte die Mädchen auf sich aufmerksam. Sie standen bei den Bänken an der Straße. Mira bemerkte ihn und verstand sofort, was die Jungs vor hatten.

„Macht ruhig, wir warten hier auf euch!"

Christian lächelte zufrieden. Sogleich machten sich die Jungs an den Aufstieg.

Der Weg begann auf einer angenehm flachen Ebene. Nach kürzester Zeit setzte jedoch eine anspruchsvolle Steigung ein. Diese hatte den Jungs bis zum Felsvorsprung bereits einiges abverlangt. Oben angekommen, wurden sie mit einer noch besseren Aussicht belohnt.

„Seht mal", meinte Max und deutete auf die hinter ihnen liegende Strecke. „Von der Hütte bis hier sind es schon ein paar Höhenmeter. Der Anstieg ist nicht auf die leichte Schulter zu nehmen. Wie lange haben wir gebracht?"

Andreas musterte seine Armbanduhr.

„Knapp fünf Minuten."

„Der Dämon muss gut trainiert sein", murmelte Christian vor sich hin.

„Da, die Mädels winken uns zu. Hallo, ihr da unten!"

„Vielleicht hören sie dich", gluckste Andreas amüsiert. „Was genau du von dir gibst, können sie bestenfalls erahnen."

„Scherzkeks. Wollten wir uns hier oben nicht umsehen?"

„Das war der Plan."

Christian sah sich den Abhang unter ihnen genau an.

„Wie lange braucht man, um hier hoch zu joggen?"

„Bitte? Warum fragst du?"

„Der Typ in der Dämonengestalt ist hierher geflohen, um sich vor unseren Augen *in Luft aufzulösen.*"

Er deutete Anführungszeichen an, um seine persönliche Sicht zu verdeutlichen.

„Wie schnell kann er das geschafft haben?"

„Du meinst -"

„Es wird einen Moment gedauert haben. Dieser Anstieg wird von Schritt zu Schritt anspruchsvoller. Dennoch hat er ihn in wenigen Minuten bewältigt."

„Er muss eine gute Ausdauer haben", fiel es Max wie Schuppen von den Augen. „Undenkbar für jemanden, der nur Sport macht, wenn es unvermeidbar ist."

„Knackpunkt erfasst. Genauso ist es. Wer einmal im Moment sportlich aktiv ist, schafft maximal die untere Ebene. Vom letzten Stück hier herauf ganz zu schweigen."

„Das dürfte selbst bei einer Mammuteinheit alle zwei Wochen schwierig werden", kombinierte Andreas.

„Bedeutet, hinter dem Dämon verbirgt sich jemand, der gut trainiert ist. Vielleicht ein Leistungssportler?"

Max sah seine Freunde fragend an.

„Möglich. Aber ich finde, wir sollten uns auch auf die anderen Dinge konzentrieren; das Lachen, der Nebel, der Spruch. Die Stimmen aus den Wänden fehlen bislang."

„Ich bin nicht traurig darum."

„Ich schon."

Argwöhnisch sah Max den Jungen an. Seine Augen verengten sich leicht.

„Wie meinst du das?"

Andreas hörte eine Spur von Misstrauen in Max Stimme.

„Jeder Anhaltspunkt ist wichtig. Überleg mal: Wenn wir bezüglich all der Dinge von heute Nacht nichts herausfänden, was bliebe uns dann?"

„Tja – nichts."

„Richtig. Wir hätten nichts, was uns weiterhelfen könnte. Die Stimmen aus den Wänden aber hätten wir."

„Du denkst, das wir mit dem, was wir haben, nicht weiterkommen?"

„Das nicht. Ich befasse mich lediglich mit allen möglichen Szenarien. Man weiß nie, wie sich die Dinge entwickeln."

„Recht hast du", warf Christian ein. „Andererseits hab ich das Gefühl, dass wir die Stimmen hören werden. Und auch die anderen Indizien werden uns weiterbringen. Fragt mich bitte nicht, warum das Eine noch wie das Andere. Nehmt es einfach hin. Ich bin mir darüber selbst im Unklaren."

Betretenes Schweigen.

„Wir können uns allmählich an den Abstieg machen."

Andreas räusperte sich.

„Die anderen warten sicher bereits auf uns. Seid ihr dabei?"

„Die Mädels sind auch schon reingegangen", beschwichtigte Max. „Tun wir es ihnen gleich."

Er machte den ersten Schritt.

„Seid vorsichtig", rief er seinen Nachfolgern zu. „Bergab ist der Weg für gewöhnlich trügerischer als bergauf. Blöderweise kann man sich nirgendwo festhalten."

„Nimm's leicht", meinte Andreas direkt hinter ihm. „Runter kommt man immer. Die Frage ist nur, wie schnell."

„Vor allem, wie schmerzfrei."

„Wohl eher schmerzhaft."

Andreas schnaubte.

„Sei's drum. Irgendwann werden wir ankommen."

Die Prognose traf nach wenigen Minuten zu; Die drei Jungs traten zur Haustür herein. Sie zogen ihre Wanderschuhe aus und betraten die Wohnstube.

„Da seid ihr ja", wurden sie von Nathalie begrüßt. „Kommt rein. Wollt ihr auch einen Tee trinken?"

„Das hört sich toll an", entgegnete Max. „Was gibt's denn Gutes?"

„*Gipfeltraum* von *Witterschneirs Beste*. Eine erlesene Mischung aus elf verschiedenen Kräutern der Region. Gesammelt im Großraum zwischen Wiesentorf und Dächersweyk. In privater Familienherstellung seit 1806. Mittlerweile in fünfter Generation. Jährliche Qualitätszertifizierung nach höchsten Prüfungsstandards. Der Betrieb ist seit seiner Gründung durch kaum einen Skandal in die Schlagzeilen geraten. Immer nur Gutes, was berichtet wurde. Onkel Aleksander sieht das anders; Er behauptet seit eh und je, dass das Unternehmen eine Menge Dreck am Stecken hätte. Aber alles werde vertuscht. Er meinte sogar mal, dass er persönlich dahinterkommen wolle, was es mit all dem auf sich hat. Er hat nichts für diesen Konzern übrig. Dennoch ist auch er genauso machtlos dagegen wie jeder Andere. Wie ein Kampf gegen eine unsichtbare Armee. Bis an die Zähne bewaffnet. Alleine kann man so eine Schlacht nicht für sich entscheiden."

Trotz dieser letzten Worte war Christian amüsiert.

„Hast du das auswendig gelernt?"

„Wenn du permanent von sämtlichen Produkten aus ein und demselben Haus umgeben bist, kannst du dem gar nicht entgehen. Dieser Laden stellt fast alles her, was man fürs Leben benötigt; von der Tackernadel bis zum Elektrogroßgerät. Nur Fertighäuser sind noch nicht dabei."

Nathalie lachte trocken. Es war kein freudiges Lachen.

„Manchmal hab ich das Gefühl, dass hier oben der einzige Ort ist, an dem dieser Großkonzern noch nicht zugeschlagen hat. Bis auf den Tee."

Sie reichte den Jungs ihre Tassen.

„Danke."

Andreas nahm einen Schluck.

„Meinst du, *Witterschneir* spielt in unserem Fall eine Rolle?"

Nathalie sah ihn verwundert an.

„Inwiefern denn das?"

„Da gäb es mehrere Möglichkeiten; Sagen wir, einer der Mitarbeiter wäre gekündigt worden. Irgendwie hat dein Onkel damit zu tun. Der Mitarbeiter, Backmüller, Schafmetzger, Liebäugler, sieht die Schuld bei deinem Onkel. Er sitzt auf dem Trockenen und sehnt sich nach Rache. Kravinski besitzt diese wunderschöne Hütte. Backmüller liebäugelt mit dem Gedanken, ihm das Leben in jenem Haus zur Hölle zu machen. Er inszeniert Spuk mit einem Kostüm und, wie wir selbst erlebt haben, durchaus gruseligen Effekten. Die Spekulationen beruhen darauf, solange weiterzumachen, bis Kravinski Reißaus nimmt."

„Was bereits passiert ist", ergänzte Christian.

„Richtig. Damit, dass wir auf den Plan treten, hat Backmüller nicht gerechnet. Der Spuk geht weiter."

„Aber weiß Backmüller, der Dämon, wer auch immer, dass wir hier sind?", warf Max ein. „Hat er mitbekommen, dass Kravinski fort ist?"

„Gute Frage. Keine Ahnung."

Christian zuckte mit den Schultern.

„Davon geh ich aus."

Alle sahen Andreas an. Verwundert, verblüfft, fragend. Niemand wusste, was er meinte.

„Erinnert euch an den Spruch: *Mit Natan begonnen, keine Ende in Sicht.*"

Sein Blick wanderte durch die Runde.

„Klingelt's?"

Schweigen.

„Die Rede ist von Natan in der dritten Person", erläuterte Andreas aufgeregt. „Warum sagt er nicht gleich *mit dir hat es begonnen*?"

Ahnungslose Gesichter.

„Weil er zu uns gesprochen hat. Nicht zu Herrn Kravinski. Er weiß, dass wir hier sind. Das heißt, er weiß dass jemand hier ist."

„Und dass dieser jemand nicht Herr Kravinski ist", schlussfolgerte Max.

„Du hast es begriffen."

„Ich denk schon. Aber -"

Nachdenklich rieb er sich das Kinn.

„Was hat es mit *kein Ende in Sicht* auf sich? Will dieser Kerl *uns* die Hölle heiß machen?"

„Ich fürchte, darauf wird es hinauslaufen", grummelte Christian vor sich hin. „Aber darauf können wir uns vorbereiten."

„Hast du schon eine Idee, wie?", fragte Mira. Bisher hatte sie lediglich zugehört und ihren Tee getrunken.

„Die Eine oder Andere. Nichts Konkretes."

„Raus damit."

Christian räusperte sich.

„Wir legen uns an verschiedenen Orten auf die Lauer. An der Haustür, am Felsvorsprung, an der Bergstation. Irgendwo dort wird der Dämon zuschlagen. Wir werden bereits vor Ort sein und ihn auf frischer Tat ertappen. Natürlich müssen wir uns vorbereiten."

„Und falls wir ihn schnappen? Was hast du vor? Willst du ihn der Polizei übergeben? Wir haben keinerlei Beweise. Außerdem hat er nichts Ungesetzliches getan. Klar, er hat uns einen wahnsinnigen Schrecken eingejagt. Aber, soweit ich weiß, ist das kein Verbrechen."

„Da hast du Recht, Tim", entgegnete Christian ruhig. „Dennoch hab ich ein gewisses Gefühl, was das angeht."

„Was sagt dir dieses Gefühl?"

„Dass etwas geschehen wird. Eine Sache, die ohne jeden Zweifel gegen das Gesetz verstößt."

„Nur was kann das sein?"

„Warten wir's ab", meinte Christian und bedachte Andreas mit einem durchdringenden Blick. „Wir werden es mitkriegen. Ob wir wollen oder nicht."

„Tatsache", erwiderte Andreas und nahm das Fähnchen an seinem Teebeutel unter die Lupe. Aus dem Augenwinkel nahm er wahr, dass Christian ihn unverändert beobachtete. Dann wandte der Junge den Blick ab und nahm einen Schluck aus seiner Tasse.

Witterschneirs Beste, ging es Andreas durch den Kopf. Warum man das *r* wohl nicht aussprach? Das hatte sicher mit einem hiesigen Dialekt zu tun.

Andreas kannte stumme Buchstaben aus Fremdsprachen. Die ihm Bekanntesten gab es in der englischen, französischen sowie russischen Sprache. Von seiner Muttersprache war ihm das nicht bekannt. Andererseits hatte er nie darüber nachgedacht.

Seltsam, dachte er und musste schmunzeln. Aber nicht weiter wichtig. Kommt vor. Auch Sprache entwickelt sich.

Er wurde den Gedanken nicht los.

Irgendwie wird das noch mit unserem Fall zu tun haben. Keine Ahnung, warum.

Er ließ den Blick durch die Wohnstube wandern.

Es wird uns wieder begegnen. In schillernden Facetten. Das steht fest.

„Seid ihr bereit?"

„Das bezweifel ich."

„Wird schon."

Christian und Andreas hatten sich für die Nacht fertig gemacht. Die Mädchen ebenfalls. Max und Tim dagegen saßen in Straßenkleidung in der Wohnstube. Bevor er sich schlafen legte, wollte Christian sich von den Jungs verabschieden.

„Ihr kriegt das hin", beschwichtigte Christian. „Sobald irgendwas Verdächtiges passiert, legt ihr euch auf die Lauer. Sollte es brenzlig werden, weckt ihr uns. An sich sollte eure Schicht ruhig bleiben. Der Kerl hat immerhin gegen vier Uhr zugeschlagen. Würde mich nicht wundern, wenn er erst während meiner Schicht auftaucht. Die beginnt um drei."

„Deshalb mach ich den Einstieg. Dann hab ich's hinter mir."

Obwohl Tim hätte entspannt sein können, zischte er.

„Du wirst es überstehen", raunte Christian. „Mach dir immer bewusst, dass es nur eine Verkleidung ist."

„Ich versuch's, versprochen. Dir eine angenehme Nacht."

„Danke. Bis später."

„Gute Nacht."

Christian ließ die beiden allein und begab sich in die wohlverdiente Nachtruhe.

Mitten in der Nacht schrak er aus dem Schlaf hoch.

„Schhh."

Andreas hockte neben ihm, den Zeigefinger vor dem Mund.

„Keine Angst. Alles okay", wisperte er. „Unsere Schicht beginnt gleich. Hast noch genug Zeit, wach zu werden."

Christian räkelte und streckte sich.

„Danke. Ist gut. Wie spät ist es?"

„Gleich zehn vor drei."

„Gut. Dann steh ich mal auf. Die Mädels sind noch wach?"

„Sitzen drüben und fiebern ihrer Ablösung entgegen. Ich warte noch gerade auf dich."

„Geh ruhig rüber. Bin in fünf Minuten da."

So geschah es; Andreas begab sich zu den Mädchen. Christian kam wenige Minuten darauf nach. Die Jungs hörten sich an, was die Mädchen erlebt hatten: Lediglich drei ruhige Stunden, in denen sich draußen nichts getan hatte.

Nach der Berichterstattung zogen sich die Mädchen in ihr Schlafgemach zurück. Die Jungs blieben zurück und begannen ihre Schicht.

Bis vier Uhr geschah nichts. Doch mit einem Mal horchte Christian auf. Er war hellwach.

„Hast du das gehört?"

„Klang wie ein Knirschen."

Sie schärften ihre Sinne. Ein Schatten hinter dem Vorhang.

„Er schleicht ums Haus herum."

Es war kaum mehr als ein Flüstern.

Christian deutete auf das Fenster. Andreas verstand. Lautlosen Schrittes schlichen die beiden auf den Vorhang zu.

Ein heftiges Pochen an der Haustür ließ sie zusammenfahren. Sie wirbelten herum und schlichen auf die massive Tür zu. Ihre Brustkörbe drohten, zu zerbersten.

Ein weiterer Schatten hinter dem Vorhang.

Drei kräftige Donnerschläge gegen die Tür. Keine Sekunde später.

Das markerschütternde Lachen ließ die Jungs erschaudern.

„Natan ist fort. Die Geister der Vergangenheit haben ihn eingeholt. Mit euch wird es weitergehen. Sjemer drusej v adu."

Es zischte. Einmal, zweimal, dreimal.

Christian überlegte. Er riss die Tür auf und stierte hinaus.

Niemand zu sehen. Nur die Reste einer Nebelwolke.

Kapitel 7 – Sieben Freunde in der Hölle

„Was ist passiert?"

Er stand unverändert in der Tür und versuchte, zu verstehen, was sich soeben ereignet hatte. Die Frage ließ ihn herumwirbeln.

„Nun sag doch was, Christian. Du siehst völlig verstört aus."

Mira trat behutsam auf ihn zu.

„Er ist wieder in dieser Wolke verschwunden. Es hat mehrmals gezischt und – und er war verschwunden. Vom Erdboden verschluckt. Wie hat er das gemacht? Sowas wie Geister gibt es nicht."

„Natürlich nicht", beschwichtigte Mira sanft. „Er verwendet irgendeine technische Apparatur. Eine Nebelmaschine etwa. Zudem breitet sich Nebel viel stärker aus. Denk allein an den vergangenen Sommer."

„Ganz davon abgesehen. Nebel würde sich niemals innerhalb von Sekunden verflüchtigen. Das kann Stunden dauern. In den Bergen sogar mehrere Tage."

„Richtig. Das *kann* kein normaler Nebel sein. Irgendjemand will auch uns von hier vertreiben. Bleibt die Frage, warum. Welches Motiv kann jemand haben, auf derart außergewöhnliche Weise sein Revier zu verteidigen?"

„Eine sehr gute Frage", meinte Christian. „Unter Anderem das sollten wir herausfinden."

„By the way, wo du gerade von herausfinden sprichst", hakte Ida ein. „ Wo ist Andreas? Ihr habt doch zusammen auf der Lauer gelegen, oder?"

„Was denkst du denn? Logisch, haben wir. Aber wohin er -"
Suchend sah der Junge sich um.

„Ich hab keinen blassen Schimmer, wo-"

In diesem Moment kam Andreas von der Hinterseite des Hauses zurück.

„Da bin ich wieder. Entschuldige, dass ich verschwunden bin, aber -"

Mit Erstaunen registrierte er die Mädchen.

„Ihr habt es also auch mitbekommen."

Er deutete ein verächtliches Lachen an.

„Das war ja nicht zu überhören."

„Absolut nicht. Aber wo warst du? An der Fensterfront hinter dem Haus? Hast du jemanden gesehen? Oder auch was gehört?"

Die Worte sprudelten aus Mira heraus.

„Und ob ich jemanden gesehen hab. Klammheimlich ist der Kerl wieder hinter den Felsvorsprung gekraxelt. Hat sich aus dem Staub gemacht."

„Mit dem grässlichen Lachen, einem seltsamen Spruch und in einer künstlichen Wolke?"

„Na, das ist es ja. Nichts von all dem. Rien, nada, niet. Kein Lachen, kein Spruch, nur die raue, reine, kalte, klare Bergluft."

„Das ist mal ne Wendung."

Andreas hatte Christian noch selten so baff gesehen.

„Ein Dämon mit Sinneswandel. Steckt wahrscheinlich gerade in der Midlife-Crisis. In schweren Schritten Richtung Wechseljahre; Die Wechseljahre eines Toten. Freunde, ich denk, jetzt hab ich wirklich alles in diesem Leben erlebt, was im Rahmen des Möglichen liegt. Es ist unfassbar!"

„Du wirst noch mehr aus dem Häuschen sein, wenn ich euch ein weiteres Detail verrate."

„Das da wäre?"

„Ich bin mir ziemlich sicher, den Dämon zu kennen. Obwohl er heute anders aussah."

„Ihn zu kennen? Wie meinst du das? Und warum sah er anders aus?"

„Ich hab ihn schon mal gesehen. Wir alle haben ihn schon mal gesehen. Es ist erst wenige Tage her."

„Ich versteh nur Bahnhof", murmelte Christian.

„Da verstehst du richtig."

Jetzt blickten sie alle vier baff drein.

„Leute, der Typ, den ich gesehen hab – es kann nicht anders sein – er *muss* es sein. Es war der Mann aus dem Zug: der geheimnisvolle Rote."

„Es wird immer skurriler. Erst sucht uns der Typ allein heim, dann kommt der geheimnisvolle Rote dazu. Als ob das nicht seltsam genug wär, spricht der Kerl in Dämonengestalt plötzlich zwei Sprachen."

Christian schüttelte den Kopf.

„Langsam wird's echt albern. Das kauft denen doch selbst ein Sechsjähriger nicht mehr ab. Was kommt als Nächstes? Will er auf einem fünfköpfigen Drachen hier herfliegen?"

„Ich glaub auch nicht mehr an etwas Übersinnliches", verkündete Tim. „Da treibt jemand ein übles Spiel mit uns. Nur, was bezweckt derjenige damit? Worum geht es hier?"

„Das werden wir herausfinden, ganz sicher", murmelte Mira. „Lasst uns mal klären, was wir noch nicht wissen. Christian, warum bist du so sicher, dass der Dämon nicht der geheimnisvolle Rote ist?"

„Ganz einfach: Weil es zeitlich nicht anders passt; Wir haben den Schatten hinter dem Vorhang gesehen. Fast zeitgleich wurde gegen die Tür gehämmert. Wie sollte das für eine einzelne Person umsetzbar sein?"

„Einleuchtend. Was hat es denn mit dieser zweiten Sprache auf sich? Bist du sicher, dass du dich nicht -"

„Verhört hab ich mich definitiv nicht", wehrte Christian ab. „Ich kann meine Muttersprache von anderen Sprachen unterscheiden. Das willst du mir doch nicht unterstellen?"

Er war empört.

„Nein, natürlich nicht -"

Mira schämte sich für ihr oberflächliches Urteilsvermögen.

„Ich wollte dich nicht beleidigen, ich - bitte, entschuldige -"

„Was hat der Kerl denn von sich gegeben?", mischte sich Andreas sanft ein.

Mira warf ihm einen dankbaren Blick zu.

Erst etwas wie *Natan ist fort. Von den Geistern der Vergangenheit eingeholt. Mit euch geht es weiter.* Dann kommt diese Geheimsprache: *Seme druse vadu.* Klang zumindest so."

„Blitzmerker. Dass es mit uns weitergeht, hätte er sich sparen können. Das haben wir bereits mitbekommen. Was für ein Scherzkeks."

„Recht hast du, Max. Aber er scheint es ernst zu meinen."

Sechs verwunderte Augenpaare musterten Tim.

„Wie ist das zu verstehen?"

„Er sagte *Sjemer drusej v adu*, stimmt das?"

„Richtig! Ja, jetzt wo du's sagst. Genauso klang es. Ich erinner mich. Aber - woher weißt du -?"

Christians Gesicht verlor von Sekunde zu Sekunde an Farbe. Er wurde kreidebleich.

„Keine Angst, ich kann weder hellsehen noch steck ich mit

dem Kerl unter einer Decke. Wir teilen nicht mal dieselbe Bleibe."

Tim in einer solchen Situation derart gelassen zu sehen, war beinahe beunruhigend.

„Weißt du, was die Worte bedeuten? Beherrscht du irgendwelche Geheimsprachen, von denen wir nichts wissen?"

Tim winkte ab.

„Wo denkst du hin, nein. Ich bin lediglich russischer Muttersprachler."

„Hab mir gleich gedacht, dass mir der Klang dieser Sprache bekannt vorkommt."

Andreas konnte nicht glauben, dass er so nah an des Rätsels Lösung gewesen war.

„Was bedeutet es? Irgendwas mit *sieben*, richtig?"

„Völlig richtig. Woher weißt du – stimmt, du bist ja sprachaffin. Das hatte ich fast vergessen. Wo war ich? Ach ja, *sjemer drusej v adu* heißt nichts Anderes als *sieben Freunde in der Hölle*. Bei Grammatik, Aussprache etc. bin ich mir nicht ganz sicher. Aber in diesem Fall kommt es auf die Aussage an."

„Ohne Zweifel. Sieben Freunde in der Hölle. Was hält man davon? Ich schwanke zwischen äußerst beunruhigend und einfach lächerlich. Meinen diese Spinner das ernst? Was haben wir denen getan?"

„Wir haben denen gar nichts getan. Jedenfalls seh ich das so. Da stimmt ihr mir zu, nehm ich an?"

„Es geht um Herrn Kravinski", warf Mira beschwichtigend ein. „Irgendwas ist vorgefallen, sodass die Typen ihm ans Leder wollen. Die Frage ist, was?"

„Um auf deine erste Frage zu antworten, Max: Ja, ich fürchten, es ist kein Spaß. Das sollten die letzten beiden Nächte bewiesen haben. Was deine Frage angeht, Mira: Wir müssen uns mit vollem Körpereinsatz dahinterklemmen. Das bedeutet, recherchieren, was das Zeug hält. Einer von uns muss Herrn Kravinski anfunken. Die Gegend muss noch genauer unter die Lupe genommen werden. Außerdem fürchte ich, dass eine Sache nicht ausgelassen werden darf -"

„Und das wäre?"

Christian warf Tim einen beinahe mitleidigen Blick zu.

„Wir müssen uns an die Fersen der Dämonengestalt heften."

Tim wollte Christian gerade fragen, ob dieser von allen guten Geistern verlassen sei. Bevor es soweit kommen konnte, wurde er sich der Ironie jener Frage bewusst. Er verdrängte sie und fokussierte sich auf das Wesentliche.

„Wie sollen wir vorgehen?"

„Der Kerl wird erneut zuschlagen. Daran besteht kein Zweifel. Bevor er in Erscheinung tritt, werden zwei von uns ihm zuvorkommen. Zwei weitere Verfolger werden sich wiederum den ersten beiden an die Fersen heften. Die übrigen drei bleiben hier und beobachten das Haus und die Umgebung. Im Notfall schreiten sie ein."

„An welche Konstellation innerhalb der Gruppen hattest du gedacht?"

„Schön, dass du fragst, Mira. Wir vier", Christian deutete auf Andreas, Max, Mira und seine eigene Wenigkeit, „werden uns zusammen auf den Berg begeben. Du ziehst mit Max vor. Andreas und ich bilden die Nachhut."

„Bedeutet, wir drei bleiben hier und behalten alles im Auge?"

„Richtig, Nathalie. So hatte ich mir das vorgestellt."

Christian lächelte zufrieden.

„Passt euch das allen in den Kram?"

„Ich denk schon. Aber -", Tim überlegte kurz. „Wie sollen wir die Bergstation und die Landschaft generell die ganze Zeit mit bloßem Auge beobachten? Wirklich hell ist es um vier Uhr morgens nicht. Und so viel Licht spendet auch der Mond nicht."

„Wir brauchen ein Nachtglas", meinte Andreas. „Standardmäßig hab ich leider keins dabei."

„Das brauchst du auch nicht. Onkel Aleksander hat eins hier. Liegt meines Wissens nach in seinem Arbeitszimmer."

„Wunderbar", gluckste Andreas. „Solange der Mond scheint, wird das also kein Problem sein."

„Ganz recht. Die Frage ist nur -" Mira dämpfte ihre Stimme. „Was werden wir da oben vorfinden? Ich meine, der Kerl muss ja irgendwo leben. Es wird wohl kaum eine Höhle sein."

Sie lachte hohl.

„Von Würmern, Ameisen und dem Grün der Wiesen wird er sich ebenso wenig ernähren."

„Das wird sich alles klären."

Christian bedeutete ihr, sich in Geduld zu üben.

„Viel wichtiger ist, was es mit dem inszenierten Spuk auf sich hat. Ich bin mir sicher, dass wir einer ziemlich heißen Sache auf der Spur sind. Hier unten in der Hütte sind wir fürs Erste fertig. Mal sehen, was auf dem Berg passiert."

Es war drei Uhr in der Früh. Der Mond stand tief. Im Osten war bereits ein schwacher Widerschein des herannahenden Sonnenaufgangs zu erkennen. Max und Mira hatten ihre Win-

90

terjacken angezogen und bereiteten sich auf den Aufbruch vor.

„Startklar, Mira?"

„Ich denk schon. Wir haben ja alles gründlich besprochen."

„Wie sieht's bei dir aus, Max?"

„Wird sich zeigen. Aber vorweg: Sollte ich sterben, hab ich's hinter mir."

„Du hast gesunden Humor", murmelte Christian amüsiert.

„Behalt ihn dir bei. Könntest da oben auf ihn angewiesen sein."

„Keine Sorge. Den behalt ich schon."

„Das hatte ich gehofft."

„Wir werden spätestens eine halbe Stunde nach euch losziehen", wisperte Andreas. „Wahrscheinlich eher. Zu blöd, dass wir hier keinen Empfang haben. Der wäre uns eine große Hilfe. Macht nichts. Wir kriegen das auch ohne hin."

„Stimmt", beschwichtigte Max. „Nehmt die Handys trotzdem mit. Man weiß nie, ob man sie nicht doch braucht."

„Und wenn, dann fehlen sie genau in jenen Situationen."

Christian grummelte, als hätte er besagte Situationen schon x-mal erlebt.

„Jetzt müssen wir aber los", raunte Mira. „Ich möchte nur ungern vom Dämon abgefangen werden. Max?"

„Ihr habt's gehört, Jungs. Bis nachher."

Mit diesen Worten verließen sie die Hütte und machten sich an den Aufstieg.

„Dann bereiten wir uns jetzt auch vor. Viel Gepäck haben wir nicht."

„Das ist auch gut so. Die Jacken und Schuhe sind schwer genug. Vergiss den Anstieg nicht. Als wir mit Max da oben waren, hatten wir keine Rucksäcke dabei. „Und selbst das -"

Andreas ließ den Rest des Satzes unausgesprochen.

„Hast Recht. Sag mal, was denkst du, steckt hinter der Geschichte? Und vor allem, *wer*? Geht es um Rache? Vergeltung? Etwas Finanzielles? Oder Ideelles? Was bringt jemanden dazu, solche Geschütze aufzufahren?"

„Schwierig zu sagen. Ich meine, denk an letzten Sommer. Da war nichts, wie es schien. Mit diesen Wendungen hatte niemand gerechnet. Nicht mal der Spanier hatte das erwartet. Zumindest das, was das große Finale angeht. Und der hatte sich zu den Eingeweihten zählen dürfen. Wie ich es bereits in der Gewitternacht im Zelt von mir gab: Jedes noch so kleine Detail kann von größter Bedeutung sein. Vielleicht ist sogar Kravinski selbst in die Geschichte verwickelt."

„Du meinst doch nicht, er selbst -?"

„Nein, so weit würde ich nicht gehen. Aber – weißt du, ich denke, er hat uns nicht alles gesagt, was er weiß."

„Wie kommst du zu dieser Annahme?"

„Ein Gefühl. Eine gewisse Intuition. Die Kenntnis, wie andere Menschen ticken. Unergründete Tiefen der Psychologie."

Christian war beeindruckt; Andreas war 14 Jahre jung. Dennoch hatte er eine Ausdrucksweise, um die ihn so mancher Studierter beneidet hätte. Es war beinahe unheimlich, wie erwachsen der Junge geworden war.

„Wir sollten aufbrechen. Die anderen beiden warten sicher schon. Bin gespannt, wie kalt es draußen ist."

Sie zogen dicke Stiefel und ihre wärmsten Jacken an. Andreas ging zur Hintertür und sah zum Berg empor; Keine Spur von Mira oder Max. Sie hatten den ersten Anstieg hinter sich gebracht. Was sie wohl bereits zu Gesicht bekommen hatten?

Die Jungs brachen auf; Kalte, frühmorgendliche Bergluft schlug ihnen entgegen. Die Gipfel unterhalb der Hütte waren in dichten Nebel gehüllt. Eine geschlossene weiße Decke hatte sich darüber gelegt. Wie ein riesiger flacher Wattebausch.

92

Der Felsvorsprung war bald nur noch eine schmale Linie unter ihnen. Wolken waren aufgezogen. Es war bitterkalt.

Die Jungs froren zwar, liefen jedoch unbeirrt weiter. Sie wollten erst eine Pause einlegen, sobald sie ihre Mitstreiter gefunden hatten.

Christian zog sein Handy aus der Jackentasche.

„Das war zu erwarten: Kein Empfang. Wie ist es bei dir?"

„Negativ."

„Große Klasse! Was machen wir jetzt? Wo sind Mira und Max hin? Meinst du, der Kerl hat sie – er hat sie -?"

„Kann sein. Aber er wird es nicht allein geschafft haben."

Andreas senkte seine Stimme.

„Dann ist er bestimmt noch hier."

Er sah sich nach allen Seiten um. Niemand zu sehen.

„Komm, wir gehen noch ein Stück bergauf", murmelte Christian. „Die beiden -"

Gleißend helles Licht überraschte sie wie eine Sturzflut. Es war so hell, dass sie die Augen zusammenkneifen und sich abwenden mussten.

„Was ist das? Wo kommt dieses Licht auf einmal her?"

Es war nicht so, dass Andreas eine Antwort erwartet hätte. Doch wenige Sekunden später nahm das Licht an Helligkeit ab. Die Jungs konnten ihre Blicke wieder nach vorne richten. Nachdem sie erkannt hatten, was dort zu sehen war, wünschten sie sich jedoch, dies unterlassen zu haben.

„A– A– Andreas -"

Christians Stimme zitterte wie Espenlaub. Ein Rasseln wie von schweren Ketten schwang darin mit.

„Siehst du auch, was -"

Seine Stimme versagte.

„Das ist unmöglich", raunte Andreas. „Es gibt keine Geister."

Es war mehr ein verzweifelter Ausruf als eine selbstsichere Feststellung. Und doch stand es hier vor ihnen. Weniger als zehn Meter entfernt: Ein mindestens zwei Meter großes Gespenst.

Andreas konnte sich nicht erinnern, ob er in seinem Leben jemals eine derartige Furcht verspürt hatte. Auch Christian stand wie versteinert da. Der Anblick dieser beinahe transparenten weißen Gestalt war angsteinflößender als alles, was sie bisher mit eigenen Augen gesehen hatten.

In Erzählungen und Schauermärchen kamen solche Szenarien durchaus vor. Doch die waren alle erfunden. Das hier war echt. Kein Bettlaken, dass sich jemand übergestülpt hatte. Nein, es war eine fließende Gestalt, durch die sie hindurchsehen konnten.

Soeben fiel Andreas ein weiteres Detail auf, das dem Menschen bislang vorbehalten war: Die Gestalt schwebte in der Luft. Da waren keine Schuhe, keine übermäßig langen Beinen, kein Podest, nichts.

Sie hörten ein Quietschen. Unangenehme Erinnerungen an die Stimme des Dämonen wurden wach. Doch es kam schlimmer als erwartet: Der Geist schwebte langsam auf sie zu. Er streckte seine Arme nach ihnen aus und wurde immer schneller.

„Lauf!", schrie Christian und packte Andreas so fest am Handgelenk, dass es wehtat.

Rückwärts strauchelnd schritten die Jungs dem Geist davon. Unfähig, sich umzudrehen.

Ein dumpfes Klopfen, ein erschöpftes Seufzen. Christian ließ Andreas' Handgelenk los und verschwand aus dessen Blickfeld.

„Christian!", war das Letzte, was Andreas in seiner Verzweiflung von sich gab.

Ein weiteres dumpfes Klopfen; Unzählige Sterne, die vor Andreas' innerem Auge funkelten. Ein harter Aufprall auf dem rauen Erdboden.

Andreas nahm nur noch wahr, wie sich ein süßlicher, leicht beißender Geruch in seine Nasenschleimhäute brannte. Unfähig, sich jenem unbarmherzigen Schicksal zu entziehen, ließ er es über sich ergehen. Er tauchte ein in eine ihm bisher unbekannte Dunkelheit.

Kapitel 8 – In finsteren Tiefen

„Wach auf", forderte die Stimme sanft.

Ein protestierendes Grummeln war alles, was er von sich gab.

„Jetzt wach schon auf."

Die Stimme wurde energischer. Trotzdem weigerte er sich standhaft.

„Komm schon."

Jemand rüttelte an seinen Schultern.

„Sei nicht so ein Sturkopf."

„Warte. Ich hab ne Idee", mischte sich eine weitere Stimme ein. „Der Dämon kommt. Sjemer drusej v adu."

Er schreckte aus dem Schlaf hoch.

„Ich bin wach. Wo ist er?"

Kerzengerade stand er da, machte jedoch sogleich einen Satz rückwärts. Mit einem überraschten „Ach du Schreck" landete er auf dem Boden und blieb verdattert sitzen.

„Erstmal den Kreislauf in Schwung bringen", mahnte Ida amüsiert. „Sonst liegst du wieder und schnarchst, dass die Kojoten heulen.

„Ahahahahaha", lachte Tim übertrieben gekünstelt. „Selten so gute Witze gehört. Habt ihr nichts Besseres zu tun um -"

Er sah sich nach einer Uhr um.

„Es ist kurz vor sechs", schloss Nathalie Tims Informationslücke. „Was deine Frage angeht: Wir machen uns Sorgen um die vier dort oben."

Sie deutete eine untermalende Geste an.

„Ist doch eigenartig, dass sie noch nicht zurück sind. Sie wollten in zwei Etappen den Abstieg antreten. Falls es Probleme gibt. Ansonsten in Einer. Allzu lange wollten sie auch nicht bleiben. Nur mal gucken, ob es irgendwelche Spuren gibt. Wir befürchten, dass ihnen etwas zugestoßen ist."

„Möglich wär's. Aber was sollen wir tun? Habt ihr vergessen, dass wir uns in einer einsamen Berghütte befinden? Überwiegend abgeschnitten von der Außenwelt. Das Einzige, was wir unternehmen könnten, wäre -"

Er stockte, um zu überlegen.

„Wir können nichts tun. Die Absprache war es, dass wir hier unten alles im Blick behalten und die anderen den Berg hochkraxeln. Mehr nicht. Oder was hattet ihr vor?"

„Wir wissen es nicht", erwiderte Nathalie angespannt. „Das ist es ja. Genauso wenig wissen wir, was mit Mira und den Jungs los ist. Wir haben keine Ahnung, wo sie sind."

Sie machte eine unheilvolle Pause.

„Ich sag es nur ungern: Meiner Erfahrung nach schweben die vier in akuter Gefahr. Sie sind schon zu lange weg, als dass es unter diesen Umständen nicht so sein kann."

„Apropos vier. Welche Showeinlagen hat der Dämon diesmal abgezogen?"

„Gar keine", hauchte Nathalie tonlos.

„Gar keine?"

Tim war auf beunruhigende Weise verblüfft.

„Er war nicht hier? Was hat das -?"

Er unterbrach sich erneut.

„Genau das meine ich. Er ist nicht mehr in Erscheinung getreten. Deshalb geh ich davon aus, dass -"

Jetzt war sie diejenige, die stockte.

„ - dass der Kerl sie geschnappt hat", vollendete Ida diese

einzig logische Begründung.

„Durch das Nachtglas war nichts zu sehen?"

Tim war bemüht, die beinahe mit Händen greifbare Bestürzung in Schach zu halten. Keine leichte Aufgabe.

„Nichts. Unmöglich bei dem dichten Nebel da draußen."

„Nebel?"

„Und was für einer."

Nathalie lachte trocken.

„Dagegen hast du in einer echten Sauna freie Sicht. Vor einer halben Stunde hat er sich verzogen. Seitdem – sieh es dir selbst an. Du würdest es mir sowieso nicht abkaufen."

Verwundert erhob sich Tim von seiner Isomatte und ging auf das Fenster zu. Er zog den Vorhang beiseite und staunte Bauklötze.

Andreas hatte ihnen allen gesagt, dass die Situation eintreten könnte. Doch Tim hatte nicht im Traum daran gedacht, dass es wirklich soweit kommen würde. Die tatsächlichen Ausmaße überstiegen beinahe die Grenzen seiner Vorstellungskraft.

„Das ist ja – ach du Schande", war alles, was Tim in diesem Moment zu sagen wusste.

„Du sagst es. Hoffen wir, dass wir in den nächsten Tagen irgendwie hier raus kommen."

„Das wär ein Anfang", beschwichtigte Nathalie. „Was eine eventuelle Befreiungsaktion angeht, können wir uns im wahrsten Sinne des Wortes *warm anziehen*."

Ein leichter Hauch von Moder wäre angenehm gewesen; Der Geruch eines alten Dachbodens, wie man ihn aus Fachwerkhäusern oder alten Bauernstuben kannte. Mit jenem vertrauten Geruch hätte der Junge sich durchaus wohlfühlen können. Doch der Gestank, der momentan seine Nerven auf die Probe stellte, war zu viel. Ekelhaft beißend fraß er sich durch seine Nase. Derart penetrant, dass er drohte, den Würgreflex auszulösen.

Langsam, wie in Zeitlupe, schlug der Junge die Augen auf. Zuerst sah er nur verschwommen; Eine formlose milchige Suppe. Nicht einmal vage Umrisse zeichneten sich ab. Als säße er inmitten einer undurchdringlichen dichten Wolke.

Es kam ihm vor, als sähe er seine Gefühle vor sich; Eine wabernde undefinierbare Masse, ebenso ungreifbar wie seine Gedanken.

Allmählich wurde die Sicht klarer: Zahlreiche kleine helle Punkte wurden erkennbar. Es mussten Hunderte sein, Tausende. Sie waren überall und sehr nah. Nur wenige Zentimeter vor ihm.

Gedimmtes Licht, das von irgendwo links hinter ihm hereinfiel, ließ die Punkte in silbernem und seltsam rötlichem Schein aufglimmen. Ein ungutes Gefühl machte sich in dem Jungen breit. Stark beängstigende Beklommenheit, die er nicht einzuordnen wusste. Unbekannte Furcht, die größere Ausmaße annahm als je zuvor. Eine diffuse Ahnung sagte ihm, dass er nicht hier sein sollte. Dass in wenigen Momenten grausame Dinge geschehen würden. Dass er in größter Gefahr schwebte. In Lebensgefahr.

Er nahm ein Geräusch hinter sich wahr. Ganz leise und kläglich, aber – da war etwas. Oder jemand.

Ein Hoffnungsschimmer keimte in ihm auf. Er horchte. Stille.

Was mochte das gewesen sein?

„Jemand da?", flüsterte er.

Wieder ein Geräusch. Ein leises Wimmern.

„Wer ist denn da?", flüsterte er erneut, energischer diesmal.

„Er hat mich verschleppt."

Es war kaum mehr als ein wehmütiges Schluchzen.

„ - hat mich heimgesucht. Direkt aus der Hölle. Zwei glühend rote Augen. Grässlich sah er aus -"

„Schön und gut, aber wer - ?"

Er wollte sich umdrehen, um die Person in der Dunkelheit auszumachen, aber – er konnte nicht. Er konnte sich nicht mal bewegen. Erst jetzt merkte er, dass er an sämtlichen Körperstellen gefesselt war. Vermutlich stand er an einer Mauer oder etwas Derartigem. Jedenfalls konnte er sich kaum rühren.

Das war jedoch gut so. Denn in diesem Moment erkannte er, was die glitzernden Punkte wirklich waren: Tausende alte rostige Nägel, die aus einer Wand ragten.

Er hatte eine leise Vorahnung, wo er sich befand. Der Gedanke schnürte ihm quälend langsam die Kehle zu. Dagegen war die Fessel um seinen Hals eine Wohltat.

Die Besinnung nahm in seinem Kopf Gestalt an: Er befand sich in einer Folterkammer. Im Keller irgendeines Hauses. Mehrere Meter unter der Erde. Damit hatte er den Nagel in den Kopf getroffen. Blieb nur zu hoffen, dass Letzteres metaphorisch blieb.

Wie war er hierher gekommen? Er war sich nicht sicher. Doch allmählich nahm sein Gedächtnis wieder an Fahrt auf; Er war mit Christian den Berg hinaufgestiegen. Der Fährte ihrer Freunde hinterher. So war es gewesen. Mira und Max hatten sich von der Hütte aus auf den Weg gemacht und er war ihnen mit Christian gefolgt. Dort waren die beiden in einen Hinterhalt geraten.

Was war geschehen? Ach ja, sie waren einer weißlich fließenden Gestalt begegnet. Einem Gespenst. Zumindest hatte es danach ausgesehen.

Das Wesen war auf sie losgegangen – losgeflogen vielmehr. Er konnte es nicht mehr genau sagen.

Jemand hatte ihm etwas über den Kopf gezogen. Ein beißender Gestank in der Nase. Dunkelheit.

So hatte sich alles ereignet. Er war mit Chlorophorm betäubt worden. Nun war er hier. Auge in Auge mit diesem mörderischen Folterinstrument.

Aber wenn *er* hier war, wo war dann - ?

„Andreas?", röchelte plötzlich eine heisere Stimme irgendwo rechts hinter ihm.

Der Junge meinte, seinen Ohren nicht trauen zu können.

„Christian? Bist du das?"

Seine Stimme überschlug sich fast vor Freude.

„Ich denk schon."

Er stöhnte schmerzerfüllt. Andreas konnte hören, wie Christian das Gesicht verzog. Es musste ihn übel erwischt haben.

„Was ist los? Was ist passiert? Dröhnt dein Schädel auch so derbe?"

„Mittlerweile nicht mehr. Aber ich kann nicht sagen, dass ich rosige Dinge auf mich zukommen seh."

„Wie meinst du das?"

Andreas erzählte, was er seit seinem Erwachen erlebt hatte.

„Nur ein paar Zentimeter? Himmel, will der Kerl uns umbringen? Der Schrecken, den er uns eingejagt hat, ist ja nicht strafbar. Aber uns niederzuschlagen und zu betäuben, geht meines Wissens als Körperverletzung durch. Was hat er vor? Ist doch mehr als perfide, was er treibt. Und wozu das alles?"

„Das wird sich hoffentlich bald klären. Mal was Anderes: Kannst du dich bewegen?"

„Keine Chance."

„Gibt's doch nicht. Wie sollen wir hier rauskommen, wenn wir uns nicht mal - ?"

„Was hast du? Andreas, was ist los?"

„Was haben Sie mit der Geschichte zu tun?"

Christian verstand nicht. Andreas' strenger Ton beeinflusste das nicht zum Besseren.

„Mit wem sprichst du, Andreas? Es ist niemand hier. Warst du auch mit dem Teufel in der Kiste?"

„Unsinn, der Teufel kann mit sich selbst Spaß haben. Wir sind nicht allein hier. Irgendwer hat vorhin gejammert, er wäre hierher verschleppt worden. Ist vom Teufel persönlich überrascht worden."

Andreas gluckste verächtlich.

„Erzählen Sie! Was wird hier gespielt?"

Sie horchten in die Dunkelheit. Eine Antwort blieb aus.

„Wird's bald!"

„Andreas, bist du sicher -?"

„Schhh -"

„Ich – ich war an der Bergstation", wimmerte die Stimme. „Wollte gerade runterfahren, als – als mir auffiel, dass ich etwas vergessen hatte. Diese Ganoven, sie – sie haben mich hinters Licht geführt."

„An der Bergstation? Vergessen? Hinters Licht geführt? Wovon um alles in der Welt sprechen Sie? Und wer – wer sind Sie überhaupt?"

„Das weiß ich nicht. Mir ist nur bekannt -"

„Sie wissen nicht, wer Sie sind?"

Christians Skepsis war nicht zu überhören.

„Nein, keine Ahnung."

„Hat das Chlorophorm in ihrem Hirn den dauerhaften Energiesparmodus aktiviert?"

„Wie bitte?"

„Sie kennen keine Namen?"

„Nein, das sagte ich doch bereits."

„Ihren Eigenen?", hakte Andreas nach.

„Selbstverständlich."

„Und der lautet?"

„Hochwald. Wilhelm Hochwald."

„Jetzt haben wir's."

Die Jungs atmeten erleichtert auf.

„Das wollten wir wissen."

„Ach so."

Der Mann lachte. In Anbetracht ihrer Situation so unangebracht wie eine defekte Wandhalterung.

„Und mit wem habe ich das Vergnügen?"

Die Jungs merkten, dass das Niveau nicht viel besser werden sollte.

„Mein Name lautet Christian. Und der Junge, der hoffentlich keine Nägel mit Köpfen macht, heißt Andreas."

„Sehr erfreut. Obwohl es gemütlicher sein könnte."

Er gluckste heiter.

„Oh Mann, ich hol besser mein Exorzisten-Kruzifix raus", grummelte Christian.

„Was sagst du, Junge?"

„Hab nur laut gebetet."

„Ach, die Jugend von heute hat doch noch Manieren."

„Hmm."

„Sagen Sie" - Andreas wollte endlich auf das Wesentliche zu sprechen kommen - „was hat es mit Ihren Schilderungen auf sich? Bergstation, vergessen, hinters Licht geführt. Was ist Ihnen widerfahren? Sie sind ja auch ein Teil dieser Geschichte.

Bitte erzählen Sie, was Sie wissen."

„Ich weiß nicht, worauf du hinauswillst, Junge. Bin vorhin aufgewacht und hab mich gefesselt in diesem Verlies wiedergefunden. Genau wie ihr."

„Aber davor. Sie haben doch jemanden gesehen."

„Ich war auf einer Wanderung. Hatte etwas bei meiner letzten Rast vergessen. An einer einsamen Schutzhütte. Bin keiner Menschenseele begegnet. Wisst ihr, hier oben -"

„*Zwei glühend rote Augen, grässlich, heimgesucht, direkt aus der Hölle.*", zitierte Andreas mit Nachdruck. „Das haben Sie nicht grundlos vor sich hin gefaselt. Sie wissen, dass etwas nicht stimmt. Um was geht es? Bitte, Herr Hochwald. Teilen Sie Ihr wissen mit uns."

„Woher soll ich wissen, dass ihr nicht zu der Bande gehört? Ihr könntet Komplizen sein."

„Ich bitte Sie, Herr Hochwald. Wir befinden uns alle drei in diesem" - Andreas suchte nach dem passenden Wort - „Folterkeller. Ich für meinen Teil bin keine fünf Zentimeter von einem qualvollen Tod am Spieß entfernt. Meinem Mitstreiter geht es nicht besser. Genauso wenig wie Ihnen. Sie haben nichts zu verlieren. Im Gegenteil: Wenn Sie kooperieren, kommen wir schneller hier raus als wenn Sie schweigen."

Stille trat ein.

„Sie wollen doch Ihre Haut retten? Herr Hochwald?"

„Du hast Recht, Junge. Ich denke, ich kann euch vertrauen. Das hat sich folgendermaßen zugetragen."

Herr Hochwald hustete kräftig, räusperte sich und fuhr fort: „Hauptsächlich bin ich bei *Hütters & Wallung* beschäftigt. Ein kleines Unternehmen für Aktenvernichtung, Entrümpelung, Entkernung und solche Dinge. Eine Tochtergesellschaft -"

„Na, das ist nicht ganz so wichtig", fiel Christian dem Mann ins Wort. „Was haben Sie auf dem Berg gemacht? Morgens um vier hat man doch Besseres zu tun, als irgendwo in den Bergen unterwegs zu sein."

„Wie kommst du denn auf diese Uhrzeit?"

Herr Hochwald wirkte ehrlich verdutzt.

„Weil wir zu dieser Zeit unterwegs waren", erläuterte Andreas in gutmütigem Ton.

„Das soll ich *euch* glauben? Dann könnte meine Erzählung genauso wahr sein."

„Damit haben Sie sich selbst verraten."

Herr Hochwald verstummte.

„Na schön. Ich sehe, es ist nicht leicht, euch an der Nase herumzuführen."

„Das ehrt uns. Bitte, erzählen Sie. Was ist auf dem Berg geschehen?"

„Nebenberuflich arbeite ich an der Tal- sowie an der Bergstation. Der Lohn ist höher und die Bedingungen sind besser. Außerdem dürfen wir vom Personal die Bahn umsonst benutzen. So oft wir wollen. Das ist ein riesiger Bonus. Finanziell gesehen. Vor allem jedoch ideell. Ihr versteht, was ich meine? Jedenfalls erhielt ich kürzlich eine E-Mail; Der Klient bat mich, seine Berghütte zu besichtigen. Er wollte sie entrümpeln lassen. Ich beendete meine Schicht an der Bergstation. Mit meinem Chef von *Hütters & Wallung* war abgesprochen, den Klienten anschließend aufzusuchen. Es dunkelte bereits. Ich war davon ausgegangen, den Weg problemlos beizubehalten. Aber ich muss irgendwo falsch abgebogen sein. Ich konnte kaum die Hand vor den Augen sehen. Plötzlich, ohne jede Vorwarnung, wurde ich niedergeschlagen. Ich vernahm einen beißenden Geruch in meiner Nase. Das nächste, an das ich mich erinnern kann, ist, dass ich hier aufgewacht bin."

Andreas und Christian hatten schweigend zugehört.

„Das war mein Teil der Geschichte. Was hat sich bei euch zugetragen?"

„Dann sind wir jetzt dran", sagte Andreas. „Zunächst mal vielen Dank für Ihr Vertrauen. Bei uns haben sich andere Dinge ereignet. Das mit dem Schlag und der Betäubung haben wir auch erlebt. Aber der ganze Rest – also von Beginn an."

Andreas berichtete, was seit dem Gespräch in Herrn Kravinskis Büro geschehen war. Herr Hochwald traute seinen Ohren nicht. Er wollte gerade seine Fragen loswerden, als eine metallene Tür ruckartig aufgezogen wurde. Sie schlug gegen eine Wand. Gleißend helles Licht flutete den Raum. Eine dröhnend tiefe Stimme erfüllte die gesamte Kammer.

„Ihr habt euch dem Bösen widersetzt. Ihr habt Satan getrotzt. Sein Antlitz ist geschändet. Ihr seid schuldig. Schuldig. SCHULDIG!"

Die Gefangenen versuchten, herauszufinden, wo die Stimme herkam. Unmöglich in dieser unnatürlichen Helligkeit. Vom Dröhnen der Stimme ganz zu schweigen.

„Ihr werdet in der Hölle schmoren. Ihr werdet – BEZAHLEN!"

Kapitel 9 – Feuer und Stahl

„Ich hätte es nicht für möglich gehalten", hauchte Tim und starrte hinaus in die Landschaft. „Andreas hat mehr als richtig gelegen mit seiner Vorhersage."

„Die Frage ist, was tun wir jetzt?"

Nathalie drehte sich vom Fenster weg und sah ihre Freunde herausfordernd an. Eine starke Spur von Verzweiflung lag in ihren Augen.

„Da fragst du den Falschen", wehrte Tim entschuldigend ab. „Sowas -", er deutete mit weit aufgerissenen Augen nach draußen, „ - hab ich noch nie erlebt. Wir können uns schlecht da raus wagen. *Ein* unnötiges Geräusch und die nächste Lawine erledigt ihr Übriges. Hoffen wir, dass es unseren Freunden gut geht."

Er senkte den Kopf.

„Hoffen wir, dass es ihnen -", Nathalie konnte nicht glauben, was der Junge von sich gab. „Unsere Freunde sind da draußen ihrem Schicksal in eisiger Kälte überlassen, und du – du willst hier auf sie warten -?"

Ihr durchdringender Blick bohrte sich in sein Gesicht.

„Zu wissen, ob es auf- oder abwärts geht, ist die einzige Orientierung, die sie bei dieser miserablen Sicht haben. Wir können sie doch nicht im Stich lassen."

Die Spannung im Raum war mit Händen greifbar.

„Natürlich helfen wir ihnen", ging Ida dazwischen. „Wir sammeln uns, packen uns in die dicksten Klamotten und machen uns auf den Weg. Nachtglas, Taschenlampen und Proviant sollten wir dringend mitnehmen. Es wird ein langer Tag."

„Hast wohl Recht", beschwichtigte Tim einsichtig. „Hier unten können wir doch nichts bewirken."

„Sehr gut", erwiderte Nathalie. „Machen wir uns bereit. In zehn Minuten treffen wir uns in der Wohnstube wieder. Übrigens -"

Ida und Tim sahen das Mädchen erwartungsvoll an.

„Was ihr auch dabei habt, um euch aufzuwärmen – nehmt es mit. Andernfalls werdet ihr es bereuen. Wir können froh sein, solange die Minusgrade einstellig sind. Die Berge sind erbarmungslos."

Die beiden nickten. Eingeschüchtert und stumm. Dann gingen sie alle drei ihrer Wege, um sich für die bevorstehende Herausforderung zu rüsten. Wie vereinbart, trafen sie kurz darauf wieder zusammen. Warm eingepackt und mit mulmigen Gefühlen machten sie sich auf den Weg.

Sie traten durch die massive Haustür hinaus. Eisige Luft schlug ihnen entgegen. Der Wind heulte und trieb ihnen dicke Flocken in die Gesichter. Nathalie führte die kleine Gruppe voran. Zwar konnte sie kaum die Hand vor den Augen sehen. Den Weg zum Felsvorsprung, der majestätisch über der Hütte thronte, konnte sie dennoch blind ausmachen.

Die drei Jugendlichen verschwanden bald im dichten Schneegestöber. Mit schweren Schritten stapften sie ihrem nächsten Abenteuer entgegen. Nicht wissend, was sie erwartete.

Es war derart hell, dass es selbst mit zusammengekniffenen Augen schmerzte. Die dröhnende Stimme war verstummt. Das war das einzig Gute in der momentanen Situation.

Zwar hatte Andreas höllische Angst. Doch er war mindestens genauso wütend auf den Kerl im Dämonenkostüm. Auf dessen Feigheit, die übertriebene Vorgehensweise, diese morbid-perfide charakterliche Kälte.

Der Junge wollte endlich wissen, warum der Maskierte diese groteske, skurrile Show abzog. Es gab zweifellos andere Wege, ans Ziel zu gelangen. Ob kriminell angehaucht oder nicht. Er überlegte kurz. Dann fasste er sich ein Herz und ließ seinen Emotionen freien Lauf.

„Hey!", rief er energisch. „Haben Sie nicht ausreichend Glut in Ihrem Ofen? Fehlt Ihnen der Mumm? Warum zeigen Sie sich nicht? Wollen Sie uns hier verwesen lassen."

Er legte alle Provokation in seine Stimme, die er hatte. Ob das eine gute Idee war, würde sich noch herausstellen. Aber irgendwie musste es weitergehen.

„Andreas, ich weiß nicht, ob du es darauf anlegen solltest", meldete sich Christian leise. „Ich hab das ungute Gefühl, dass er das wörtlich nehmen könnte."

„Wie meinst du das?", fragte Andreas in unheilschwangerer Vorahnung.

Ein lautes Rattern ertönte. Irgendwo rechts hinter sich nahm Andreas einen rötlichen Widerschein wahr. Feuer? Er war bemüht, sich umzudrehen und die Lichtquelle auszumachen. Doch die Fesseln saßen zu fest. Ohne fremde Hilfe würden sie hier nicht wegkommen. Eine ernüchternde Erkenntnis, die ihm gewaltige Sorgen bereitete.

„Nicht sein Ernst. Der Kerl will uns beseitigen. Hilfe! Warum hilft uns denn niemand?"

„Christian, ganz ruhig", versuchte Andreas seinen Freund zu beruhigen. Sie durften jetzt nicht die Nerven verlieren. „Was ist los? Was ist das für ein Licht? Warum rattert -?"

„Er will mich rösten – ein Ofen – eine Flamme –! Andreas, ich will hier nicht als Grillgut enden -!"

„Wirst du auch nicht. Christian, beruhig dich bitte. Was siehst du?"

„Na schön. Vor mir hat sich gerade ein Ofen angeschaltet. Keine Ahnung, wie das passiert ist. Wahrscheinlich -"

„Das klären wir später. Bitte weiter im Text."

„Okay, in diesem Ofen lodert eine Flamme, ein Feuer. Aber der Ofen ist ungewöhnlich hoch. Mindestens zwei Meter. Von der Breite und Tiefe her verhält es sich ähnlich; Jeweils mindestens 1,50 m, wenn nicht mehr."

„Noch irgendwas?"

„Nein, das war's. Aber warum hat sich das Ding entzündet?"

„Ich weiß es nicht. Dennoch denk ich, dass der Ofen nicht einfach so angegangen ist. Da hat jemand nachgeholfen."

„Du meinst, mit einer Fernschaltung oder einer Zeitschaltuhr?"

„Genau das."

„Warum?"

„Ich sag das nicht gern, aber – ich fürchte, das werden wir bald herausfinden. Vermutlich schneller, als uns lieb ist."

„Was soll das -?"

Christian wurde unterbrochen, als plötzlich eine elektronisch verzerrte Stimme zu hören war.

„Willkommen im Tor zur Hölle, meine Freunde. Ihr fragt euch zweifellos, warum ihr hier seid. Diese Wissenslücken möchte ich jetzt füllen. Als tadelloser Bote des Teufels."

Die Stimme lachte hämisch. Aufgrund der Verzerrung klang es ekelhaft und abstoßend zugleich.

„Der eine Schnüffler sieht seinem rostroten Tod direkt ins

Auge. 35 Millimeter trennen ihn davon. Das Podest, auf dem er stets, wird sich gleich in Bewegung setzen. Es rückt alle zehn Sekunden einen Millimeter vor. Der Schnüffler kann sich ausrechnen, wie lange es dauert, bis sich die rostigen Nägel in sein Fleisch bohren. Doch er sollte sich nicht zu viel Zeit lassen. Bevor zehn Minuten vorbei sind -"

Die Stimme lachte erheitert.

„Mein Tipp für ein längeres Leben: Ganz eng an die Wand drücken. Dadurch kann der Schnüffler ein bis zwei Millimeter rausholen. Der Herr der Unterwelt wünscht viel Feingeschick für die Maßarbeit."

„Nein!", schrie Andreas. „Warten Sie!"

„Die andere Schnüffelnase sitzt auf einem herkömmlichen Stuhl. Dieser wird in wenigen Minuten bis zum Ofen vorziehen. Dort angekommen, fährt die Tür langsam hoch. Sobald sie vollends offen steht, wird die bequeme Sitzgelegenheit hineingezogen. Die Tür schließt sich und die Schnüffelnase kann es sich in der wohligen Wärme gemütlich machen. Oder bis in alle Ewigkeit im Fegefeuer schmoren."

Ein erneutes heiteres Lachen ertönte.

„Damit kommen Sie nicht durch!", schrie Christian in wütender Verzweiflung. „Das ist Mord!"

„Satan wartet auf der anderen Seite."

„Hey!"

„Kommen wir zum Dritten im Bunde. Der Verrätersverräter durfte es sich in einem komfortablem Sessel bequem machen. Er wird die längste Zeit leben. Bevor er stirbt, wird der Teufel seine Genossen bereits in Empfang genommen haben. Für den Verrätersverräter gibt es ein besonderes Ableben; Sobald die Jungspunde das Reich der Finsternis betreten haben, erfolgt der Hammerschlag. Der Amboss wird fallen und vom Verrätersverräter nur eine breiige Masse hinterlassen."

„Warum tun sie das?", schrie Andreas wütend und mit Tranen in den Augen. „Was haben wir Ihnen getan?"

„Es geht nicht darum, was der Schnüffler und seine Genossen getan haben. Es geht darum, was sie *nicht* getan haben. Unterlassene Hilfeleistung ist nur *eine* schlimme Tat. Doch auch sie ist strafbar."

„Unterlassene Hilfeleistung? Nur *eine* schlimme Tat?", Andreas verstand kein Wort. „Wir wissen überhaupt nicht, was eigentlich los ist. Dass unterlassene Hilfeleistung strafbar ist, sollte allgemein bekannt sein. Uns dafür büßen zu lassen, ist ebenso wenig eine Lösung. Genauso wie Selbstjustiz. Was Sie hier tun, ist alles gesetzeswidrig. Erst Recht, wenn es um mehrfachen Mord geht. Sie haben uns einen Schrecken eingejagt mit ihrem dämonischen Kostüm. Dafür wird Sie niemand belangen können. Aber uns festzuhalten und auszuschalten, so wie Sie es vorhaben, wird Sie lebenslänglich hinter Gitter bringen. Ist es wirklich das, was Sie wollen? Es geht doch um etwas völlig Anderes. Sehen Sie von Ihrem Plan ab, wahllos Menschen zu töten. Es gibt für alles eine Lösung, hören Sie? Ich weiß nicht, welche Sorgen Sie beschäftigen. Aber es gibt immer einen Ausweg. Menschen zu töten, ist Keiner."

Einen Moment sprach niemand. Nur das Rattern war zu hören. Die Stimme schien zu überlegen.

„Was der Schnüffler sagt, klingt einleuchtend. Doch die Entscheidung ist gefallen. Von Wiesentorf bis Dächersweyk. Der Herr der Unterwelt wird euch in Empfang nehmen. Wir werden uns in seinem Reich wiedersehen."

„Aber -"

„Das kann nicht sein letztes Wort sein", flüsterte Christian angsterfüllt.

„Hey! Soll es das gewesen sein?"

„Der hat sich doch nicht aus dem Staub gemacht?", fragte Christian mit dünner Stimme. „Ich fass es nicht. Er ist weg. Wie werden wir jetzt -?"

In diesem Moment setzten sich die tödlichen Maschinen in Bewegung. Nie hätte Andreas vermutet, dass es so zu Ende gehen würde. Von derartig blutigen und brutalen Szenen hatte er erwartet, dass es sie nur in Horrorfilmen gab. Was sie hier erlebten, war real. Sie hatten sich an die Versen eines geisteskranken Killers geheftet. Dafür würden sie in wenigen Minuten mit dem Leben bezahlen.

Das Podest, auf dem Andreas stand, war bereits um vier Millimeter nach vorne gewandert. Auch Christians Sitzgelegenheit hatte bereits ein paar Sätze nach vorne gemacht. Sollte es auf diese Weise mit den beiden Freunden sein Ende nehmen?

Wo waren die anderen? Ida, Nathalie und Tim? Ob sie noch in der Hütte verweilten? Vielleicht waren sie unterwegs, um die beiden zu retten? Wie ging es Mira und Max? Hatte dieser Geisteskranke sie ebenfalls mit seinen diabolischen Maschinen bekannt gemacht? Ob sie noch -?

Andreas zwang sich zu rationalem Denken. Er musste die Nerven bewahren.

Natürlich lebten seine Freunde! Es würde alles gut werden. Gemeinsam würden sie diesen Teufelskerl schnappen und seinen düsteren Machenschaften ein Ende bereiten. Die Handlanger würden sie im selben Atemzug erledigen. Ganz gleich, wie viele es waren. Eine verzweifelte Zuversicht, wie Andreas bewusst wurde; Sahen die Fakten doch anders aus.

Eine Erinnerung wurde in seinen Gedanken wachgerüttelt. Eine schöne Erinnerung, die es ihm warm ums Herz werden ließ: *Sieben sind mehr als vier.* Das hatte ihm eine Stimme im vergangenen Sommer zugeflüstert. Sie hatte Recht behalten. Die Person dahinter hätte ihn ausschalten können. Doch sie hatte es unterlassen. Sie trug eine gute Seele in sich.

Der Junge besann sich ihrer misslichen Lage; Sie mussten handeln. Doch sie konnten nicht. Ihm blieb augenscheinlich keine ganze Minute, bis sich die Nägel in sein Fleisch bohrten. Wenige Millimeter fehlten bis zum stählernen Ende.

Seinem Leidensgenossen ging es ähnlich; Der Stuhl befand sich knapp 40 Zentimeter vor der Tür des Feuergrabes. Er machte keine Anstalten, stehen zu bleiben oder seine Geschwindigkeit zu verringern. Christian konnte bereits die Hitze spüren, die gierig darauf wartete, ihn zu verzehren. Sie schwoll von Sekunde zu Sekunde an. Bald würde sich die Schleuse in die unbarmherzige Feuersbrunst öffnen.

Die Jungs riefen verzweifelt um Hilfe. Es war ihnen gleich, ob der Psychopath sie hörte. Was zählte, war lediglich, sich von den quälenden Schmerzen abzulenken, bevor es endgültig vorbei war.

Ein letztes Mal sah Andreas den Dämon vor seinem inneren Auge. Die Schreckensgestalt durchbohrte ihn mit ihren teuflischen, rot glühenden Augen. Sie erwähnte Natan mit der unnatürlich quietschenden Stimme. Das grässlich hohe Lachen ertönte und ließ das Mark des Jungen erzittern. Die Gestalt verblasste, bis sie vollends verschwunden war.

Der Junge ging über ins Schattenreich, um sich dem hinzugeben, was ihn erwartete. Sein Freund würde bei ihm sein. Gemeinsam würden sie durch die Finsternis schreiten.

Ohrenbetäubender Lärm nahm den Jungen in Empfang. Zwei weitere heftige Schläge ertönten. Diffuse Lichter glommen auf und erloschen sogleich. Ein gedämpfter Schrei. Es polterte.

Die Atmosphäre wechselte schlagartig; Dunkelheit, Stille.

Vorbei -

Ida und Tim hatten sämtliche Orientierung verloren. Sie hätten nicht in Worte fassen können, wie froh sie waren, Nathalie an ihrer Seite zu wissen. Allein hätten sie sich hoffnungslos verirrt und wären erfroren. Zu wissen, in welche Richtung es auf- oder abwärts ging, hätte ihnen nicht geholfen.

Nathalie kannte den Weg. Zur Erleichterung ihrer Weggefährten hatten sie den Felsvorsprung bereits hinter sich gelassen. Wie lange sie schon unterwegs waren, wusste keiner von ihnen. Sie hatten jegliches Zeitgefühl verloren.

Das Schneetreiben hatte minimal nachgelassen. Dennoch konnte man kaum fünf Meter weit sehen. Dass der Wind nachgelassen hatte, machte sich deutlicher bemerkbar; Nur ab und an peitschten ihnen vereinzelte Böen in die Gesichter. Eine dankbare Tatsache; Zwar waren die Böen eisig und fegten ihnen mit hohen Geschwindigkeiten entgegen. Doch je weniger es waren, desto schneller ging es für die Freunde voran.

Nach einer halben Stunde unermüdlichen Stapfens durch beinahe knietiefen Schnee, wurde Nathalie plötzlich langsamer. Prüfend musterte sie den Weg und ihre Miene hellte sich schlagartig auf.

„Was ist los? Warum bleiben wir stehen?", fragte Tim verwundert.

„Hast du was entdeckt? Etwas, das uns helfen könnte?"

Ida hatte Lunte gerochen.

„Und ob ich das hab. Seht mal, hier auf dem Boden."

„Was soll da sein? Schnee, Schnee und nochmal Schnee. Soweit das Auge reicht. Ich versteh nicht, was daran -"

„Das mein ich nicht. Diese Spuren hier, sie sind frisch. Keine halbe Stunde alt."

„Woran machst du das fest?"

„Nicht so wichtig. Jedenfalls muss hier vor Kurzem jemand gewesen sein. Mit einem Auto, einem Geländewagen, irgendeinem Kraftfahrzeug. Es sind Reifenspuren."

Tim spürte eine Beklemmung in sich aufsteigen. Unauffällig sah er sich um.

„Das wiederum bedeutet, -"

„ - dass wir nicht allein hier sind", beendete Ida die Feststellung. Auch ihr wurde mulmig zumute.

„So wird es sein", bestätigte Nathalie die unschöne Erkenntnis. „Noch unschöner jedoch, worauf das hinausläuft."

Sie sah ihre Freunde auffordernd an.

„Du meinst doch nicht etwa -"

„Wir sollen den Spuren folgen?"

Ida überlegte.

„Ich fürchte, wenn wir unsere Freunde retten wollen, haben wir keine andere Wahl."

„Dann kommt."

Nathalie schritt voran.

„Je eher wir am Ziel sind, desto besser."

„Recht hat sie", murmelte Ida und folgte dem Mädchen.

Tim konnte nicht anders als leise aufzustöhnen. Er setzte sich in Bewegung und trottete missmutig den Mädchen hinterher.

Kapitel 10 – Die Unterwelt mal anders

Jemand tätschelte seine Wange, stupste sachte mit der Handfläche dagegen.

„Hast du dir was getan? Bist du verletzt?"

Er gab keine Antwort. Hatte kaum noch Kraft. Ganz gleich, wofür. Der Herrscher der Finsternis nahm ihn in Empfang. Mit nur 14 Jahren hatte sein Leben geendet. Viel zu früh.

„Komm zu dir. Du hast überlebt. Du hast es geschafft. Genau wie wir. "

Seine Gedanken rasten.

„Andreas, wach auf."

Die Stimme klang verzweifelt. Und sie klang – vertraut.

Langsam schlug er die Augen auf; Rostrote Punkte – überall. Sie waren so nah, dass er sie nur unscharf erkannte. Wenn er blinzelte, hatte er das Gefühl, sie mit seinen Wimpern zu berühren. Ein oder zwei Millimeter – höchstens.

„Weißt du, wo Christian ist?"

Die Stimme wartete gar nicht auf eine Antwort.

„Wenn ich nur wüsste, wie man diese Maschinen bedient -"

Andreas erkannte die Stimme. Vor lauter Freude hätte er Luftsprünge machen können. Er konnte sich nicht erinnern, wann er zuletzt so froh gewesen war, jemanden bei sich zu wissen. Vermutlich war dieser Fall noch gar nicht eingetreten.

„Max", rief er und seine Stimme zitterte gleichermaßen vor Erregung sowie vor Erschöpfung.

„Andreas, du bist zu dir gekommen."

Er eilte herbei.

„Was ist passiert?"

„Ist ne lange Geschichte. Mira und ich – das erzähl ich dir später. Erstmal muss ich dich befreien. Aber ich hab keine Ahnung, wie diese Teufelsinstrumente funktionieren."

„Welche Knöpfe, Regler und Schalter kannst du erkennen? Parameter, Automationen, egal was."

„Knöpfe, Regler, Para- Andreas, wovon sprichst du -?"

„Ich kann dir helfen, diese Maschinen zu kontrollieren und zu steuern", erläuterte Andreas „Um uns zu befreien. Du musst mir genau sagen, was du siehst, Max. Stehen da irgendwelche Worte oder Abkürzungen, *F.F* oder *REW*?"

„Warte, ich seh mich mal um."

Max hastete zur Tür zurück. Im schwachen Licht tastete er nach einem Schalter. Er fand diesen und legte ihn um, woraufhin der gesamte Raum erneut von jenem übernatürlich hellen Licht geflutet wurde. Alle Anwesenden stöhnten auf. Wenige Sekunden später hatte das Licht eine zumutbare Helligkeit angenommen.

„Warst du das, Max?", fragte Andreas verwundert.

„Ja, neben dem Lichtschalter befindet sich ein weiterer Schalter. Hab daran gedreht."

„Verstehe, du hast mithilfe eines Reglers das Licht gedimmt. Sehr schlau. Gut, dass du den überhaupt gesehen hast. "

„Nicht wahr?", lachte Max zögerlich. „Das hab ich wohl."

In Wahrheit verstand er kaum ein Wort von Andreas' Fachchinesisch. Woher wusste der Junge vom Land das alles?

„Weiter, Max. Was siehst du?"

„Irgendwelche Knöpfe und Schalter. Himmel, das müssen Hunderte sein. Mindestens. Es wird Stunden dauern, die Richtigen zu finden."

„Wir kriegen das schneller raus als du denkst, vertrau mir."

„Unmöglich. Wie sollen wir -?

„Max, wenn diese Maschinen so funktionieren, wie ich vermute, wird nichts Schlimmes passieren. Niemandem. Du musst nur tun, was ich dir sage."

„Hör auf ihn, Max", röchelte Christian auf seinem Feuerstuhl. „Es gibt keinen Grund, das nicht zu tun."

„Okay. Ich höre, Andreas?"

„Steht über dem Bedienungsfeld mit den unzähligen Schaltern irgendwo *Maschine*, *Item*, *Application*?"

Nach kurzem Suchen wurde Max fündig.

„Da, ich hab was gefunden."

Er klang beinahe erfreut.

„*Channel 1* steht da. Die Buchstaben dahinter kann ich nicht lesen. Ist eine fremde Sprache. Vermutlich osteuropäisch."

„Das wird sich klären", hakte Andreas ein. Was steht noch bei *Channel 1*?"

Die beiden Abkürzungen, die du genannt hast: *F.F* und *REW*. Was ist damit?"

„Sehr gut, Max. Bitte kurz auf *REW* drücken. Eine einfache Berührung reicht eventuell aus."

Max' Gedanken überschlugen sich; Was, wenn dieser Knopf nicht der Richtige war? Er wollte nicht verantworten müssen, dass Andreas seinetwegen durchbohrt oder Christian geröstet wurde.

„Wenn einem von euch etwas geschieht -"

„Max, falls etwas Unvorhergesehenes passieren sollte, betätigst du F.F. Bitte vertrau mir."

„Na schön."

Die ganze Situation war ihm mehr als unangenehm. Dennoch tat er es: Er vertraute Andreas. Sein Gefühl sagte ihm, dass es der einzig richtige Weg war.

Und tatsächlich: Das Podest entfernte sich von den Nägeln. Mit einigen weiteren Anweisungen gelang es Max, den Jungen von seinen Fesseln zu befreien. Mit Andreas' Hilfe durfte auch Christian bald wieder uneingeschränkte Bewegungsfreiheit genießen. Zum Schluss halfen die drei Jungs Herrn Hochwald aus dessen misslicher Lage. Dann überlegten sie, was zu tun war.

„Eins ist klar", stellte Christian sachlich fest, „wir sollten nichts Unüberlegtes tun. Dieser Geisteskranke ist zu allem fähig. Das sag ich euch."

„Ganz recht. Aber *was* können wir überhaupt großartig tun? Wir wissen nicht mal, wo wir sind."

Andreas' Einwand war nicht außer Acht zu lassen.

„Außerdem", er dämpfte seine Stimme, „nicht nur die Wände hier haben Ohren."

Er machte eine unauffällige, aber vielsagende Geste zu Herrn Hochwald. Die anderen beiden verstanden sofort, was er meinte; Sie wussten nicht, ob sie dem alten Herrn vertrauen konnten. Nach all dem, was bisher geschehen war, stand auch er auf der Todesliste des Psychopathen. Das hieß jedoch nicht, dass er für die Jungs ungefährlich war. Er konnte genauso gut mit dem Verbrecher unter einer Decke stecken. Von allen Schlüssen, die man daraus ziehen konnte, war einer perfider als der Andere.

„Es wär wirklich gut, zu wissen, wie wir hier rauskommen", sinnierte Christian und sah sich überall im Raum um. „Da fällt mir ein -", er stutzte und musterte den Naturfreund, „wie bist du eigentlich hierher gekommen? Wo warst du vorher? Und -", ein Ausdruck des Schreckens huschte über seine Züge, „wenn du hier bist, wo hast du Mira gelassen?"

Er klang auf beunruhigte Weise vorwurfsvoll.

120

„Ist sie etwa allein unterwegs? Schutzlos den Fängen dieses Psychopathen ausgeliefert? Ich meine, er hat eine, zugegeben, äußerst kreative Ader, seine Gefangenen umzubringen."

Er warf einen verstörten Blick auf den feuerfesten Stuhl, an den gefesselt er beinahe als Festmahl für Kannibalen verendet wäre. Der Junge schüttelte sich bei dem Gedanken.

„Aber Mira allein unterwegs – in diesem Reich eines Horrorfanatikers -"

Christian fuchtelte wild mit den Armen in der Luft.

„Das ist Wahnsinn!"

Den letzten Teil seiner erregten Tirade brachte der Junge bewusst flüsternd über die Lippen.

„Ich weiß", murmelte Max eingeschüchtert. Er wich Christians durchdringendem Blick aus. „Aber Mira – sie gebot mir, genau zuzuhören; Ich sollte euch suchen, wenn möglich befreien und zusammen mit euch auf sie zu warten. Sie wollte sich rasch umsehen, um einzuschätzen, was dieser Psycho hier treibt. Wozu er noch fähig ist. Sie hoffte darauf, Hinweise zu finden, was sich hinter der ganzen Geschichte verbirgt. Eigentlich wollte sie längst zurück sein. Weiß auch nicht, was sie so lange -"

„Hab ich euch gefunden – *endlich*! Freunde, das müsst ihr euch ansehen. Was auch immer ihr zu wissen dachtet, *diese* neuesten Erkenntnisse in unserem Fall werden euch umhauen! Folgt mir."

Er hatte es von Beginn an für keine gute Idee gehalten. Doch die Mädchen hatten sich nicht von ihrem Plan abbringen lassen. Mehrere Male hatten sie auf den Jungen eingeredet;

Ob er seine Freunde nicht retten wolle? Ob er nicht der Meinung sei, dass sie ein Recht darauf hatten, sich auf ihn verlassen zu dürfen? Sicher hätten sie dasselbe für ihn getan. Die Mädchen hatten ihm sogar unterstellt, dass er lieber zurückgeblieben wär. Er hätte sich ins wohlig warme Bett kuscheln und warten können, bis sie alle unversehrt zurückgekehrt wären.

Jene Unterstellung hätte den Jungen beinahe zur Weißglut getrieben. Dabei war sie von Seiten der Mädchen lediglich als Provokation gedacht gewesen. Ein derart feiges Verhalten sagten sie ihm in Wahrheit nicht nach.

Er musste geahnt haben, woher der Wind wehte. Andernfalls hätte er auf stur gestellt und den Gekränkten gemimt.

Den Spuren im Schnee folgend, waren sie auf das erste Haus seit ihrem Aufbruch gestoßen. Hier hatten sich die Spuren verloren.

„Wir müssen da rein", verkündete Nathalie gedämpft.

„Warum?", wollte Tim wissen. „Meinst du, die anderen sind da drin, nur weil das die erstbeste Bleibe ist, der wir über den Weg laufen?"

Sein Spott war nicht zu überhören.

Ida war allmählich genervt von Tims ständigen Widerworten.

Du denkst wohl, wir Mädels beugen uns allem, wie deklinierte Substantive, hm?, dachte sie und lächelte überlegen. So nicht, du Frechdachs. Der Baum beugt sich mit dem Sturm. Die Frauenpower hält dagegen.

„Komm, Nathalie", forderte Ida mit überlegenem Lächeln. Dabei blickte sie Tim fest in die Augen. „Wenn er nicht will, bleibt er halt hier. Seine Sache. Wir Frauen gehen da rein und befreien die, die uns wichtig sind."

Ihr Blick wurde beinahe giftig, als sie an Tim herantrat und in hypnotischer Ruhe ausspie: „Und denen *wir* wichtig sind."

Sie drehte sich blitzartig um und schritt mit Nathalie auf die Haustür zu. Er, einen Kopf größer als sie, war in diesem Moment mindestens einen Kopf kleiner.

„Wartet", rief er ihnen kleinlaut hinterher. Und so leise, dass nur er selbst es hören konnte, murmelte er: „Wir werden noch alle am Kreuz enden. Da ist die Dämonengestalt nichts gegen."

Kurz darauf hatten sie die Haustür hinter sich gelassen und nahmen das Innere in Augenschein.

„Seid vorsichtig. Tut nichts, ohne vorher gut drüber nachzudenken. Sonst könnte es das Letzte sein, was ihr tut. Dass die Tür sich einfach aufdrücken ließ, ist kein besonders gutes Zeichen."

Ida und Tim gaben stumm zu verstehen, dass sie sich dem Ernst ihres riskanten Unterfangens bewusst waren.

Schweigend und auf leisen Sohlen bewegten die drei sich vorwärts. Niemandem war bewusst, was sie eigentlich suchten. Sicher waren es nicht nur die Freunde, die sie zu befreien hofften. Irgendwo in diesem Haus musste es Indizien geben, die ihnen Aufschluss über den aktuellen Fall verschaffen konnten.

Nathalie, die die Vorhut bildete, blieb plötzlich stehen. Sie horchte. Dann drehte sie sich zu den anderen beiden um.

„Habt ihr das gehört?", formte ihr Mund beinahe lautlos.

Alle drei spitzten ihre Ohren. Nichts. Stille. Selbst der Wind, der um das Haus wehte, blieb stumm.

„Weiter", hauchte Nathalie einen Moment später. Ihre Begleiter sahen es eher, als dass sie es hörten.

Annähernd lautlos wagten sie sich vor; Meter für Meter, jederzeit bereit, Alarm zu schlagen und unverhofft einem ihrer Widersacher gegenüberzutreten.

Sie hatten beinahe das gesamte Stockwerk durchkämmt, als Tim wie versteinert stehen blieb.

„Was hast du?, zischte Ida gedämpft.

Die einzige Antwort, die Tim von sich gab, bestand darin, wie in Zeitlupe die Hände zu heben. Mit weit aufgerissenen Augen starrte er auf den Boden rechts von ihnen.

„Der Lauf eines Gewehrs", stieß Nathalie erstickt hervor.

Ein besonders herausstechendes Detail schnürte ihr die Kehle zu; Der Schießwütige wollte sicher gehen, seinem Gegenüber unwiderruflich den Garaus zu machen.

„Die Enden sind – abgesägt -"

„Mira!", riefen die Jungs wie aus einem Mund.

„Wo kommst du plötzlich her?"

„Wenn man vom Teufel spricht."

„Mich laust ein Totenkopfäffchen."

„Dass ich das noch erleben darf."

„Jetzt hab ich wirklich *alles* gesehen."

„Das wird uns niemand abkaufen."

„Jungs, bitte! Was ist los mit euch? Hat die Folter euch den letzten Verstand geraubt?"

Mit Miras Empörung kam auch die Ernüchterung durch.

„Ich werde euch bei Zeiten alles erzählen – haarklein. Aber erst müsst ihr euch ansehen, was ich entdeckt hab. Und dann sollten wir schleunigst von hier verschwinden. Ich hab das ungute Gefühl – wohlwollend ausgedrückt – dass die Foltern nur ein winziger Vorgeschmack waren. Wenn meine Theorie stimmt, befinden wir uns in akuter Lebensgefahr. Wer uns auch hier festhält, es muss sich um einen absolut psychopathischen Killer handeln. Um einen Geisteskranken, der finsterste Geheimnisse hütet. Und der vor nichts zurückschreckt, um sie unter Verschluss zu halten. Ich bin mir sicher, dass ich *nicht* wissen will, was in dessen Kopf vor sich geht. Der Kerl muss irre sein."

Die Jungs waren gleichermaßen erstaunt, verwirrt und perplex. Wo war die ausgeglichene und auf das Wesentliche fokussierte Mira? Diese, die sie alle hatten kennenlernen dürfen.

„Rein aus Interesse", fragte Mira deutlich leiser, „wer ist der ältere Herr, der mehr neben der Spur als neben euch steht?"

„Erklären wir dir später", murmelte Christian. „Nur so viel: Ich kann mich des Eindrucks nicht erwehren, dass er eine Rolle in unserem Fall spielt. Vermutlich keine allzu Unwichtige."

„Übe dich in Geduld. Du wirst alles erfahren", versicherte Andreas.

„Klingt wie die Ankündigung einer Werbepause", fiel Max belustigt ein. „Also, los jetzt."

„Moment noch."

Andreas deutete eine subtile Geste an. Die anderen verstanden sofort.

„Herr Hochwald", sprach er den verwirrten Mann an. Dieser zeigte keine Reaktion. „Könnt ihr mir kurz unter die Arme greifen, Freunde?"

Die drei benötigten nicht eine Sekunde Bedenkzeit. Sie packten umgehend mit an; Max schnappte sich das Kissen, das auf dem Sessel unter dem Amboss lag. Er legte es auf den Boden neben das Steuerpult der Folterinstrumente. Behutsam wie bei einem Baby waren auch Christian, Mira und Andreas bemüht, den alten Mann zu Boden zu legen. Sie betteten dessen Kopf auf das Kissen und hofften, dass es als notdürftige Versorgung genügte.

Andreas war in Begriff, seine dünne Sportjacke auszuziehen, um den Liegenden zuzudecken. Sanft, aber bestimmt, hielt Mira ihn davon ab.

Die wirst du noch brauchen, sagte ihr Blick. Wohlwollend und ernst gleichermaßen. Sie lächelte kaum merklich.

Ich weiß, antwortete der Seine. Die Gesichtszüge verloren an Härte. Schwach erwiderte er das Lächeln. Dankbarkeit durchströmte seinen Körper.

„Kommt jetzt. Wir müssen weiter."

Er tat es nur ungern. Dennoch trennte Christian die gedankliche Verbindung zwischen den beiden.

Schweren Herzens machten sich die vier Überlebenden auf den Weg. Das Mädchen lotse sie durch ein unterirdisches Labyrinth düsterer Gänge; Dunkelgraue, abweisende Mauern aus undurchdringlichem Beton ragten zu beiden Seiten über die Gefangenen empor. Eine feste Decke kalten Steins, die sich keine zwei Meter über ihnen schloss. Auch der Boden war von einer Beschaffenheit jener bedrohlichen Atmosphäre.

Keine schöne Szenerie für Menschen, die an Klaustrophobie leiden, dachte Andreas bei sich. Für derartige Angst vor engen Räumen ist hier im wahrsten Sinne des Wortes kein Platz.

Er musste unwillkürlich lächeln ob diesen zynischen Widerspruchs.

So leise sie konnten, huschten sie durch die schwach beleuchteten Gänge. Mira führte sie nach links, dann rechtsherum, einige Male geradeaus, wieder links. Die Jungs hatten bald sämtliche Orientierung verloren. Das Mädchen dagegen wusste genau, wo es lang ging.

Nach einigen qualvoll langen Momenten des Herumirrens erreichten sie ihr Ziel. Mira verlangsamte ihre Schritte, nahm den Standort in Augenschein und wandte sich zufrieden ihren Mitläufern zu.

„Hier ist es", verkündete sie leicht außer Atem. „Hinter diesem Vorhang -"

Sie zog den besagten Gegenstand beiseite.

„Eine schwere Metalltür", stieß Max hervor.

„Mit mehreren Schlössern gesichert. Ein schmiedeeiserner Riegel als erschwerender Zutritt für Unbefugte. Nicht schlecht."

Beeindruckt betrachtete Andreas die Konstruktion.

„Welche Geheimnisse sich dahinter verbergen?"

„Fest steht, sie werden uns verborgen bleiben. Oder hat jemand den passenden Schlüssel dabei?"

Christian sah belustigt in die Runde.

„Das nicht", entgegnete Mira. „Aber ich kann euch auch ohne sagen, was jenseits dieser Tür liegt."

„Natürlich. Und ich bin der Türsteher zur Unterwelt."

Mira überhörte den Kommentar und begann, an der verriegelten Stelle gegen die Tür zu drücken.

„Was hast du vor?", fragte Andreas irritiert.

„Wenn ich hier – an dieser Stelle -", presste Mira zwischen zusammengekniffenen Zähnen hervor.

Sie drückte mit Leibeskräften. Andreas kam ihr zu Hilfe. Christian und Max konnten nicht anders als wie gebannt danebenzustehen.

Wenige kräftezehrende Sekunden später schwang die Tür auf und gab den Blick auf einen vollgepackten Raum frei. Christian und Max standen da mit offenen Mündern. Andreas brauchte einen Moment, um sich von seinem Kraftakt zu erholen. Dann sah auch er es und staunte nicht schlecht.

„Was – ist denn *das*?"

Mehr brachte er nicht hervor.

„Das", erklärte Mira mystisch, „ist die Unterwelt mal anders."

Kapitel 11 – Im Namen des Bösen

Wie versteinert, standen die drei Freunde da und sahen dem Feind direkt ins entstellte Antlitz. Angsterfüllt warteten sie auf den finalen Gnadenstoß. Doch je länger sie warteten, desto weniger erweckte es den Anschein, dass etwas geschehen sollte.

Warum zögert er?, wunderte sich Ida. Fehlt ihm der Mumm in den Knochen? Sollte er – was geht hier vor?

Keine Reaktion des Gegenübers.

Die Gedanken überschlugen sich.

Welche perfide Aneinanderreihung von Handlungen wurde hier inszeniert? Was, vor allem, waren die Gründe dafür? Das Mädchen wurde nicht schlau aus all diesen unbeantworteten Fragen. An den Gesichtern der Freunde erkannte sie, dass ihnen ähnliche Gedanken durch die Köpfe schossen. Wie bei einem Maschinengewehr, das einen nicht nachlassenden Kugelhagel auf die feindliche Macht herabregnen ließ.

Sie wurde das Gefühl nicht los, dass auf der anderen Seite des Gewehrs niemand Stellung bezogen hatte. Dass die Waffe lediglich als Attrappe verwendet wurde; Jemand wollte unerwünschte Eindringlinge denken lassen, dass auf sie gezielt werde. In Wahrheit war die Waffe nur ein Mittel zum Zweck.

Ida konnte nicht anders; Sie wechselte einen kurzen entschlossenen Blick mit den Freunden. Dann zog sie die Tür, hinter der das Gewehr hervorlugte, mit einem Ruck auf. Erstaunen breitete sich auf den Gesichtern aus.

„Ein Gewehr in einer Halterung", hauchte Tim verblüfft.

„Sonst nichts."

„Ein absolut Geisteskranker, mit dem wir es zu tun haben. Anders kann ich es nicht nennen."

Nathalie schüttelte fassungslos den Kopf.

„Entweder ausgebrochen oder noch nicht von den Cops geschnappt."

„Oder beides", pflichtete Tim ihr bei. „Ich frag mich, was in den Köpfen solcher Menschen vor sich geht."

„Sobald du es weißt, wirst du es nicht mehr wissen wollen."

Tim nickte nachdenklich und trat einige Stufen die Treppe hinab, die hinter der Tür zum Vorschein gekommen war. Eingehend betrachtete er das Geschoss.

„Klingt seltsam, wird aber stimmen. Was -"

Scharf sog er die Luft ein, legte einen Finger an den Mund und warf den Mädchen einen alarmierenden Blick zu.

„Was ist?", zischte Nathalie.

„Leise sprechen. Oder am besten gar nicht."

Er deutete auf eine Stelle, die man nur von der Position des Schießenden sehen konnte. Vorsichtig kam Nathalie zu ihm und sah sich die Entdeckung an.

„Was ist das?"

Ratlos zuckte der Junge mit den Schultern.

„Ein Messinstrument. Frag mich aber bitte nicht, warum es nur dann in die Höhe schnellt, wenn wir etwas sagen."

„Über der Anzeige prangt ein Symbol", stellte Nathalie fest und deutete darauf. „Was soll das sein? Sieht aus wie ein W. Ein dunkelrotes W. In feinster Schönschrift. Trotzdem nicht leicht zu erkennen. Und ziemlich schief, wenn du mich fragst."

Sie kicherte leise.

„Kannst du was damit anfangen?"

„Das hört sich jetzt seltsam an, aber – ja, irgendwas sagt mir

130

dieses Symbol. Was konkret, entzieht sich jedoch meiner Kenntnis. Hmm."

„Leute", meldete sich Ida von oben vor der Tür. „Seht euch das an."

„Wir kommen. Was hast du entdeckt?"

„Das hier", verkündete Ida und deutete auf die Außenseite der Tür.

„Ein Spiegel? Dazu völlig unscheinbar? Was soll das? Warum hängt jemand einen Spiegel an eine Kellertür? Noch deplatzierter geht's nicht."

„Hab ich mir auch gedacht", erklärte Ida stolz. „Dementsprechend hab ich mich gefragt, welchen Sinn das Ding erfüllt. Hab überlegt, was man sehen würde, wenn die Tür geschlossen wär und voilà -"

Sie deutete an jene Stelle; Dort befand sich eine weitere Tür. Eine schwere Feuerschutztür. Düster und bedrohlich thronte sie in der Mauer und –

Tim entdeckte es zuerst.

„Nathalie, das Symbol. Diesmal sind es sogar drei."

Er musste seine Lautstärke zügeln. Vor Erregung war diese mehr und mehr angeschwollen.

„Du hast Recht", raunte Nathalie. „Das schräge W, ein gerades H und nochmal das schräge W. Alle in dunkelroter Kursivschrift.

„Ihr kennt diese Symbole? Diese Buchstaben – Zeichen -?"

Ida kam aus dem Staunen nicht mehr raus.

„Woher?"

Tim erzählte ihr, was die beiden entdeckt hatten.

„Ein Gewehr, das in Echtzeit angibt, wann und wie laut man spricht? Wusste nicht, dass es das gibt."

„Ich denk weniger, dass es um die Lautstärke von gesprochenem Wort geht. Vielmehr hab ich das Gefühl, dass es sich um eine ausgeklügelte Mechanik dieses Irren handelt. Vor allem bereiten mir die Buchstaben Kopfzerbrechen. Woher kenn ich dieses schräge W? Es liegt mir auf der Zunge. Trotzdem ist es nicht greifbar."

„Das kommt wieder", meinte Nathalie. „Wenn du es am wenigsten erwartest. Jetzt haben wir eine andere Aufgabe zu erledigen."

„Die da wäre?"

Sie deutete die Kellertreppe hinunter.

„In die Tiefen hinabsteigen und unsere Freunde befreien."

„Tretet ein, oh Türsteher zur Unterwelt", meinte Mira schelmisch und deutete eine lächerliche Geste an. Derart überzogen, wie man es nur von langweiligsten Fernsehsendungen kannte, die einfach kein Ende nehmen wollten.

Christian warf ihr einen finsteren Blick zu, betrat dann jedoch den Raum. Andreas und Max folgten seinem Beispiel. Mira bildete die Nachhut. Vorsichtshalber zog sie den Vorhang zu. Mit vereinten Kräften schoben die vier ebenfalls die Tür bis auf einen Spaltbreit zu.

„Was ist das hier?", fragte Max gedämpft.

„Die Gespensterbastelkammer", raunte Andreas gedankenverloren. Er studierte jede Ecke des Raums, musste verarbeiten, was Mira entdeckt hatte.

„Hier bereitet unser Dämon alles für seine frühmorgendlichen Schauereinheiten vor; Er schlüpft in eins der Kostüme, zieht eine Maske über – weiß der Himmel, was er sonst noch treibt. Das furchtbare Lachen und den Nebel muss er auch irgendwie künstlich erzeugen. "

Mira wirkte leicht verstört.

„Bleibt weiterhin ungeklärt, warum er dieses Theater inszeniert. Welches Motiv steckt dahinter? Wir benötigen Anhalts-
punkte. Wenn wir wüssten, wo sich mit den Ermittlungen anzusetzen lohnt -"

Sie verstummte.

„Da hab ich, denk ich, was gefunden", verkündete Andreas.
„Seht es euch an."

„Was denn? Sag schon. Ich platze vor Neugier."

Verdutzt hielt Mira inne.

„Ein Stapel Dokumente? Was steht drin?"

„Ganz klar ist es mir nicht", murmelte Andreas. „Aber ich hab
das Gefühl -"

Er überflog die Schriftstücke, eins nach dem anderen.

„Freunde, das ist hartes Futter. Erst dachte ich, es geht um
Erpressung. Aber ich fürchte, das ist ein ganz anderes Kali-
ber."

Er reichte die Dokumente an seine Freunde weiter.

„Es geht um Verbrechen im großen Stil. Organisierte Kriminalität. Irgendwer ist unserem Dämon aufs Dach gestiegen.
Hat angenommen, dass er bloß ein kleiner Fisch ist. Doch er
hat die Rechnung ohne die Hintermänner gemacht."

„*Bevor* der Typ zum Dämon geworden ist, wohlgemerkt."

„Nicht zwangsläufig", erwiderte Andreas und tippte sich mit
dem Finger an die Schläfe.

„Du meinst doch nicht -?"

Mira erschauderte.

„Unser Psychopath ist in ein Mensch aus Fleisch und Blut.
Wie ihr und ich. In seinem Kopf jedoch ist er ein Dämon. Vermutlich seit langer Zeit. Eventuell war er es immer schon. Der

Kopf kann viel ausmachen. Die Psyche – ein schier endlos tiefer Abgrund. Düsterer als die schlimmsten Alpträume. Man sollte froh sein, dass man niemandem allzu tief in den Kopf gucken kann. Bei den meisten Menschen würde das blanken Wahnsinn hervorrufen."

„Das bedeutet", schlussfolgerte Christian, „um den Sachverhalt auf unseren Fall runterzubrechen, der Dämon will jemandem ans Leder. Dabei wird er nicht zimperlich sein. Sein Objekt der Genugtuung hat er bereits ausgemacht -"

Er sah Mira mitleidig an.

Sie zögerte.

„Du meinst – nein, nein! Warum sollte er -? Herr Kravinski würde niemals etwas Ungesetzliches tun. Das ist absurd."

„Ich denk auch weniger, dass es um Herrn Kravinski geht."

„Aber die Anschläge auf ihn. Die Anschläge auf uns. *Sieben Freunde in der Hölle*. Wem soll das Theater sonst gelten?"

„Du übersiehst ein kleines, aber wichtiges Detail."

„Nämlich?"

Andreas deutete auf die Dokumente.

„Wo steht dort Kravinski?"

Mira, Christian und Max stecken die Köpfe zusammen und suchten. Es dauerte einen Moment, bis sie ihre Blicke von den Schriftstücken lösten.

„Nirgendwo", murmelte Christian verwundert. „Das ist ja -"

„Aber seht mal, welcher Name auf den meisten Blättern steht."

Mit dem Zeigefinger zog Andreas die Augen der Freunde zum Dokumentenkopf.

„*Witterschneir*", hauchte Mira und wurde bleich. „Unser Dämon nimmt es mit dem Konzernchef selbst auf.

„Davon ist auszugehen", pflichtete Andreas bei.

134

„Das ist ne Hausnummer", staunte Max. „Entweder leidet der Dämon an Größenwahn oder er hat was Gigantisches gegen *Witterschneir* in der Hand. Falls Letzteres zutrifft, muss er sich seiner Sache absolut sicher sein. Zu einer Million Prozent."

„Ich trau es ihm zu", warf Andreas ein. „Menschen mit einer kritischen Psyche haben oftmals ordentlich was auf dem Kasten. Trotz oder gerade Dank ihres Handicaps. Das wird meistens unterschätzt."

„Dennoch bleibt ungeklärt, wie das mit der Stimme und dem Nebel funktioniert. Es muss doch eine logische Erklärung dafür geben."

„Die gibt es", erklärte Andreas trocken. „Soll ich Licht ins Dunkel bringen wie eine Nachttischlampe?"

„Das ist ein Scherz?", fragte Mira ungläubig. „Du weißt, was dahintersteckt?"

„Wie willst du das plötzlich herausgefunden haben?"

Auch Max konnte nicht annehmen, was er hörte.

„Während ihr euch die Dokumente angesehen habt, hab ich in aller Ruhe meinen Blick schweifen lassen. Dabei sind mir einige aufschlussreiche Eindrücke ins Auge gefallen."

Andreas ging auf einen Berg von Gerümpel zu, umrundete diesen und hob einen kleinen Apparat vom Boden auf.

„Wenn ich auf diesen Knopf drücke -"

Er handelte wie angekündigt. Den Freunden klappte die Kinnlade herunter.

„Eine kleine Wolke -"

Verblüffung in den Gesichtern.

„Eine kleine, aber effektive Nebelmaschine. Handlich und kompakt, damit man sie überall hin mitnehmen. Sogar eine Fernbedienung ist dabei."

135

„Ein Dämon mit Sinn für Innovation", kicherte Mira. „Und die quietschende Stimme?"

Andreas kramte auf der anderen Seite des Gerümpels. Dort zog er eine noch kleinere Apparatur hervor. Diese konnte er sogar komplett in seiner Hand verschwinden lassen. Er drehte an einer Art Knopf und hielt sich das Gerät vor den Mund.

„Die Stimme wird auf diese Weise erzeugt."

Mira und die Jungs schüttelten sich vor Schreck; Jene schauerliche Stimme hatte ungewollt einen furchteinflößenden Wiedererkennungswert in ihre Gedächtnisse eingebrannt. Jetzt wurde er abgerufen. Erneut stellte er die Nerven der Jugendlichen auf eine harte Probe. Auch Andreas sträubten sich die Nackenhaare. Es war ein durch und durch unangenehmer Gedanke, zu hören, wie er selbst als Stimme des Dämon agierte.

„Grauselig", wimmerte Mira und drückte die Hände auf die Ohren. „Pack dieses scheußliche Ding weg. Was um alles in der Welt ist das?"

Sie biss die Zähne zusammen und verzog das Gesicht zu einer furchtbaren Fratze.

„Recht hast du", beschwichtigte Andreas. Er schüttelte sich und legte auch diesen noch bizarreren Apparat an seinen Platz zurück.

„Um Miras Frage zu beantworten, Andreas", hakte Christian nach. „Was im Namen unser aller gequälter Ohren ist das?"

„Ein Stimmverzerrer", erklärte Andreas sachlich. „Ein sehr lauter Stimmverzerrer. Das war die leiseste Stufe, ob ihr's glaubt oder nicht. Es gibt insgesamt 20."

Die drei starrten ihn an, als hätte er verkündet, er wolle gern ein Schäferstündchen mit dem Dämon erleben.

„Allerhand", raunte Max verblüfft. „Andererseits logisch,

wenn man drüber nachdenkt; der Dämon ist vom Felsvor-
sprung aus hörbar. Dementsprechend muss das Gerät einiges
an Leistung haben. Selbst wenn der Schall, in diesem Fall das
Lachen, in der klaren Bergluft eine weitere Distanz zurücklegt.
Wenn ich an dieselbe Situation in städtischem Umfeld denke -"
Er schüttelte lachend den Kopf.
„Keine Chance. Sei's drum. Wir -"
Der Junge hielt abrupt inne. Irritiert musterten die Freunde
ihn."
„M-"
Der Angesprochene schnitt Mira mit einer knappen nachdrü-
cklichen Geste das Wort ab.
„Was ist los?", formte sie lautlos mit dem Mund an die ande-
ren beiden Jungs gewandt. Max horchte derweil angestrengt.
„Kam mir vor, als hätte ich ein Geräusch gehört. Hab mich
wohl getäuscht. Was wir überlegen müssen: Wie geht's
weiter? Wir haben diese Unterlagen, die wir dringend mitnehmen sollten."
„Jedenfalls einige Wenige. Die Wichtigsten."
„Richtig, Andreas. Und ich unterstreiche, was Mira vorhin
meinte; Wir sollten *schleunigst* verschwinden. Unser Dämon
hat weitaus mehr Leichen im Keller, als mir lieb ist. Ich möchte
nur ungern dazu gehören. Ganz gleich, ob die bisherigen Leichen Metaphern sind oder – ihr wisst, was ich meine."
„Vermutlich handelt es sich um tatsächliche Leichen, die irgendwo hier unten -"
Christian war bemüht, ein Würgen zu unterdrücken.
„Gehen wir. Die wichtigsten Klamotten geschnappt und -"
Er deutete zur Tür. Stumme Zustimmung.
„Noch schnell ein paar Fotos", warf Andreas ein. „Wo hab
ich mein Handy?"

Er suchte fieberhaft danach.

Sekundenbruchteile später gefror den Vieren das Blut in den Adern. Sie erschraken dermaßen, dass sie wie aus einem Mund heiser aufschrien; Jemand polterte mit aller Kraft von außen gegen die stählerne Tür.

Wer es auch war, er hatte seine Beute ausfindig gemacht. Das war ihnen allen klar. Wie ein Derwisch polterte der Unbekannte gegen die Tür, ließ seine Wut an dem robusten Metall aus. Pausenlos. Er dachte nicht daran, innezuhalten oder gar aufzuhören.

Ein furchteinflößender Laut drang aus seiner Kehle; Im ungleichmäßigen Rhythmus ging dieser mit den tief dröhnenden Schlägen auf die Tür einher.

Das Eigenartigste jedoch war die Stimme des unsichtbaren Angreifers; Sie klang tief und kräftig und war den Freunden gänzlich unbekannt. Dennoch kam sie Andreas und Christian auf subtile Weise vertraut vor.

„Wer ist das?", flüsterte Mira zischend in die Runde. Ob ihrer aller Ahnungslosigkeit schüttelten die Jungs ratlos die Köpfe. In Andreas und Christian erwachten Erinnerungen. Zu dunkel jedoch, um greifbar zu sein.

Ein grässlich quietschendes Geräusch durchfuhr die vier. Ließ sie Grimassen schneidend zusammenfahren. Scharfes Metall, das wie in Zeitlupe, Millimeter für Millimeter vorrückend, über anderes Metall kratzte. Eine ungute Vorahnung machte sich in den Jugendlichen breit.

Knapp eine halbe Minute verging, bis das Kratzen erstarb.

Stille setzte ein. Unheilvolle Stille. Die Freunde wussten,

dass dem plötzlichen Frieden nicht zu trauen war.

Gebannt deutete Max zur Tür, die Augen weit aufgerissen.

„Da, seht -"

Wie von Geisterhand schwang die Tür auf, Millimeter für Millimeter. Die Freunde beobachteten das Schauspiel wie in Trance. Nach schier endlosen Minuten offenbarte der Spalt zwischen Tür und Angel den Angreifer. Fassungslosigkeit erfüllte den Raum.

„Herr Hochwald", hauchte Max erschrocken. „In der Hand hält er -"

„ - ein Messer -"

Mira war weniger erschrocken als überrascht. Warum, das konnte sie sich selbst nicht erklären.

Reglos starrten sie den alten Mann an. Nichts an seiner Erscheinung schien zu ihm zu gehören. Er wirkte wie eine Marionette; Der Kopf war leicht zur Seite geneigt. Die Augäpfel lagen tief in den von Augenringen gezeichneten Höhlen. Die Arme hingen schlaff von den Schultern herab. Die Beine sahen aus, als gäben sie jede Sekunde unter dem Gewicht des restlichen Körpers nach.

Besonders auffällig waren die Augen, das Handgelenk sowie das Messer; Von den Augen war nur das Weiße zu erkennen. Das Handgelenk war so krampfhaft um das Messer geschlungen, dass die Knöchel hervortraten. Eine Haltung, die bei dauerhafter Anwendung immense Schäden hervorrief. Das Messer schürte die größte Panik; Es hatte ohne Zweifel schon oft Verwendung gefunden. Dennoch sah es aus wie frisch geschliffen. Von drei, vier dunkelroten Flecken abgesehen.

Der alte, geschwächte Mann verweilte vor der Tür. Bei genauerem Hinsehen erkannten die Freunde, dass er zitterte. Ganz leicht zwar, aber am gesamten Körper.

139

Die Stimmung war mehr als nur zum Zerreißen gespannt. Doch minutenlang geschah nichts. Der alte Mann stand da. Beinahe, als schlief er im Stehen. Die Jugendlichen ließen ihn keine Sekunde aus den Augen.

Dann geschah es: Herr Hochwald hob den Kopf. Die Hand mit dem Messer wanderte bis zur Schulter. Ein gefährliches Blitzen ging von der Klinge aus. Der Mann öffnete und schloss den Mund mehrere Male wie ein Fisch.

„Im Namen des Bösen", verkündete er und wiederholte die Worte einige Sekunden später mehrmals.

Diese Erscheinung hatte nichts mit dem Herrn zu tun, den sie vorhin kennengelernt hatten. Der Mann war wie ausgewechselt. Doch Andreas und Christian wurden das Gefühl nicht los, dass der Psychopath sein Finger im Spiel hatte.

„Muss – den Schnüffler – beseitigen. Die Schnüffelnase – BESEITIGEN!"

Das letzte Wort donnerte durch den Raum. Grollend zog es den Vieren durch Mark und Bein. Sie rückten näher zusammen. Mit erhobener Klinge, bedrohlich langsam, schritt der gebrechliche alte Mann auf sie zu.

„Auslöschen – eliminieren – vernichten."

Die Stimme schwoll unheilvoll an.

„Beseitigen – zerstören – erledigen."

Weniger als zwei Meter trennten die Freunde vom theatralischen Messerhelden.

„Im Namen des Bösen. Sieben Freunde in der Hölle. Sjemer drusej vadu!"

Trotz heiserer Stimme schrie er beinahe. Ein plötzliches grauenvoll diabolisches Lachen schüttelte seine gesamten Körper. Rechts von den Freunden, irgendwo im Gerümpel, glommen zwei rote Punkte auf.

Kapitel 12 - Henkerszeit

Sie liefen durch den Keller des Hauses; Ein stark verzweigtes System sporadisch beleuchteter Gänge. Einer enger als der Andere. Düster, beinahe beängstigend, ragten die Mauern über ihnen empor. Niedrige Decken, unnachgiebiger Boden, eine gedrückte Atmosphäre dunkelgrauen Betons. Bei zu langem Nachdenken konnte der Eindruck entstehen, lebendig begraben zu sein.

Die drei schlichen durch das Labyrinth. Bereit, jederzeit einen Widersacher in Schach halten zu müssen. Oder von Selbigem in die Flucht geschlagen zu werden. Welches Szenario sich ihnen auch bot.

Nathalie, die weiterhin die kleine Gruppe anführte, lugte vorsichtig um eine Ecke.

„Kommt", wisperte sie ruhig und trat in den Gang.

„Ein Vorhang", raunte Ida verblüfft.

Warnend legte Nathalie den Finger an den Mund.

„Hab was gehört", erläuterte sie. Wieder sahen die anderen beiden es eher als dass sie es hörten.

Wie auf Zehenspitzen traten die drei auf den Vorhang zu. Angestrengt horchten sie. Schwache Laute drangen an ihre Ohren. Jedoch nichts, das sich großartig zuordnen ließ.

„Den Vorhang beiseite."

Es war nicht mehr als ein Hauchen.

Die Freunde staunten nicht schlecht, als die schwere Metalltür zum Vorschein kam.

Von einem Impuls der Kraftlosigkeit gepackt, fixierte Tim den oberen Rahmen.

„Geht's?", fragte Nathalie besorgt.

Wortlos nickte der Junge. Er gestikulierte knapp, um zu signalisieren, dass er nur kurz durchatmen musste. Die Mädchen verstanden.

Plötzlich, ohne Vorwarnung, begann die Tür sich zu öffnen. Erschrocken traten die drei ein paar Schritte zurück.

„Was ist das?", zischte Ida leise. „Wie kann das angehen -?"

„Das", erklärte plötzlich eine unnatürlich tiefe Stimme hinter ihnen, „ist eins der Tore, das direkt in die Hölle führt."

„Bitte bleiben Sie ganz ruhig."

Die Freunde waren so langsam, wie die Situation es zuließ, rückwärts getreten; Vorbei an dem Berg aus Gerümpel. Immer weiter, bis sie fast an der anderen Seite des Raums angekommen waren. Noch weiter zurück konnten sie nicht.

„Machen Sie bitte nichts Unüberlegtes, Herr Hochwald", appellierte Christian an den alten Herrn. „Bitte, wir sind Ihre Freunde. Ihre Verbündeten."

Dem Jungen war bewusst, dass der Mann den Sinn hinter diesen Worten wahrscheinlich nicht verstand. Er war nicht er selbst. Warum auch immer das gerade der Fall war. Umso mehr hoffte er, mir der klaren, empathischen und sanften Melodie seiner Stimme ein ähnliches Ziel zu erreichen. Sein Einfühlungsvermögen hatte ihn im Leben bereits oft weitergebracht.

„Legen Sie bitte das Messer auf den Boden", schloss sich Mira in ähnlich sanftem Ton an. Christian warf ihr einen knappen dankbaren Blick zu.

„Nicht erschrecken, wenn ihr nach rechts guckt", erklärte Andreas ebenfalls ruhig, aber sachlich. Herr Hochwald ist, fürchte ich, unser geringstes Problem."

Mira und die Jungs warfen vorsichtige Blicke in die besagte Richtung. Den alten Herrn behielten sie weiter im Auge.

„Was denn noch?"

Mira war sehr viel genervter als dass sie Angst hatte.

„Das ist doch nicht unser Dämon?", fragte Max in die Runde. „Der bewegt sich für einen Menschen viel zu klobig und mechanisch."

„Ein Roboter", raunte Christian.

Andreas gab einen beschwichtigenden Laut von sich. Langsam und vorsichtig griff er nach einer Eisenstange, die in seiner unmittelbaren Nähe auf einer Werkbank lag. Den vermeintlichen Roboter ließ er keine Sekunde aus den Augen.

„Was hast du vor?", zischte Christian alarmiert.

„Ich will vorbereitet sein. Falls das Ding uns angreift."

„Sei vorsichtig", raunte Max. „Laute Geräusche könnten Herrn Hochwald triggern."

„Ich geb mein Bestes", versicherte Andreas. „Hab nicht vor, ungewollte Absichten bei dem alten Herrn auszulösen. Wer weiß, wozu der fähig ist in seinem umnachteten Zustand -"

Gebrechlich und schwer atmend, ansonsten völlig ruhig, stand er unverändert da. Das Messer wie zum Angriff erhoben.

Ein Schnipsen.

Ohne jegliche Vorwarnung sank Herr Hochwald in sich zusammen. Das Messer glitt ihm aus der Hand und fiel zu Boden. Der Mann folgte dem Beispiel. Reglos blieb er am Boden liegen.

Wie vom Donner gerührt standen die Freunde da. Erschrocken sahen sie einander an.

„Ist er tot?"

Panik schimmerte in Miras Augen.

Max kniete sich neben Herrn Hochwald auf den Boden und fühlte dessen Puls.

„Er lebt", verkündete der Junge. „Sein Herz schlägt kräftig und sehr schnell. Wir müssen Hilfe holen. Bin mir nicht sicher, ob er sonst durchkommt -"

„Dann lasst uns keine Zeit verlieren", drängelte Andreas. „Jede Sekunde ist kostbar. Kriegt ihr die Tür ohne meine Hilfe auf? Ich werde den Roboter bei Laune halten. Warum mussten wir Dummköpfe die Tür auch schließen?"

Noch bevor sie handeln konnten, klatschte jemand hinter ihnen in die Hände. Mehrmals, leise und in langen Abständen.

Die Freunde wirbelten herum; In einer dunklen Ecke des Raums saß jemand verkleidet in einer Art majestätisch eingerichtetem Sessel. Zwar nicht der Dämon, dafür aber eine ähnliche Schreckensgestalt.

Das Klatschen verhallte und die Person stand auf. Ganz langsam ging sie auf die Jugendlichen zu.

„Bis jetzt war es ein Kindergeburtstag", dröhnte eine tiefe, elektronisch verzerrte Stimme. „Ihr seid in der Hölle angekommen. Der Herr der Finsternis hat euch erwartet."

In diesem Moment begann sich die schwere Tür zu öffnen.

„Keine Bewegung", drohte die Stimme aus dem Halbdunkel, „sonst wird es eure Letzte sein. Hände hoch."

Die drei konnten erkennen, dass ihr Feind einen metallenen Gegenstand zückte. Schwach glänzte dieser im faden Schein des Lichts.

„Ein Revolver", hauchte Nathalie tonlos.

„Vorwärts, rein da. Und keinen Mucks."

Die drei gehorchten; Sobald die Tür halb offen stand, schlüpften sie hindurch.

Mira und den Jungs fielen Steine von den Herzen, als sie ihre Freunde sahen. Selbst die erhobenen Hände konnten dem keinen großen Abbruch tun.

„Freut euch nicht zu früh, Kinder", gebot die Stimme unter der Maske. „Worauf wartet ihr? Hände hoch."

Die vier taten wie geheißen.

Beschwörend fuhr er fort: „Wer mit dem Feuer spielt, wird sich daran verbrennen. Wer gegen den Teufel kämpft, wird qualvoll an ihm zu Grunde gehen. Wer es wagt, in die Abgründe der Hölle zu treten, wird im Fegefeuer verschmachten. In ewiger Knechtschaft dem Teufel unterworfen. Versklavt über das Ende aller Zeiten hinaus."

Mira schüttelte fassungslos den Kopf.

„Total irre, der Typ. Komplett wahnsinnig."

„Zügel deine Zunge, verdorbenes Weibsbild. Sonst wird der Hüter aller Finsternis dich als erstes abholen. Er wird dich mitnehmen in sein dunkles Reich ."

„Pah", schnaubte Mira verächtlich. „Das hat er schon einmal nicht geschafft. Blöd gelaufen, würde ich sagen."

Die Gestalt antwortete nicht. Sie klatschte zweimal laut und schnell hintereinander in die Hände. Der Roboter ging zum Angriff über.

Andreas reagierte blitzschnell; Er warnte die Umstehenden mit einem lauten: „Köpfe runter!", und holte mit der Eisenstange aus. Getroffen.

Ein dumpfer Laut ertönte, als das Metall mit dem maskierten

Kopf des Roboters kollidierte. Krachende sowie zischende Geräusche von berstendem Metall und durchtrennten Kabeln erfüllten den Raum. In hohem Bogen flog der blecherne Kopf durch die Luft. Er beschrieb eine Flugbahn, die mit einem klirrenden Aufprall gegen die nächste Betonwand endete. Der Kopf schepperte zu Boden und kullerte ziellos umher. In einer Ecke abseits des Geschehens, blieb er wenige Sekunden später liegen.

„Das – hätten wir", keuchte Andreas entkräftet und ließ das Tatwerkzeug sinken. Vorsichtshalber behielt er es griffbereit in seiner Hand.

Entgeistert starrte Mira ihn an.

„Du – du hast mir das Leben gerettet."

Sie brauchte einen Moment, um zu verarbeiten, was innerhalb der letzten knapp zehn Sekunden geschehen war.

„Hab ich gern gemacht", hauchte Andreas, bemüht, wieder zu Kräften zu kommen.

„Wagt es nicht, den Herrscher aller Dunkelheit erneut zu erzürnen. Ihr würdet es nicht überleben. Keiner von euch."

Der Maskierte deutete eine ausschweifende Geste an. Nur um ihnen klarzumachen, dass er sie alle meinte.

„Was hat es mit dem Spuk auf sich?", wollte Christian wissen. „Warum sind Sie um die Berghütte gelaufen? Haben versucht, uns einzuschüchtern? Haben merkwürdige Nachrichten hinterlassen? Eine fragwürdiger als die Andere? Was sollte das? Dann diese Drohung in russischer Sprache: *Sieben Freunde in der Hölle*. Als hätten wir das nicht längst bemerkt."

Der Maskierte lachte mit tiefer Stimme. Unschön anzuhören. Er hantierte kurz an seiner Maske herum und fuhr fort.

„Als *Kluge Kinder* haben sie euch in der Zeitung bezeichnet. *Detektivischer Nachwuchs der Stadt Garmberg und Umge-*

bung. Wenn ich sowas schon lese -"

Er hielt sich einen Finger vors Gesicht; Ungefähr da, wo sich der Mund befand. Würgelaute drangen an die Ohren der Umstehenden. Mira ballte die Fäuste.

„Ihr selbst habt in diesem lächerlichen Artikel erzählt, euch als *Clevere Spürnasen* zu betrachten. *Tapfere Jugendliche, die für Recht und anderen Firlefanz einstehen*. Zum Kotzen. Noch mehr von diesen Menschen, die die Welt nicht braucht. Es sollten mal mehr von denen aussortiert werden, die wirklich böse sind."

Er machte eine Pause.

„Habt ihr schon mal von *Witterschneir* gehört? Der oberste Chef dieses Unternehmens, hah! Das ist ein Verbrecher. Der muss ins Gefängnis. Nicht so jemand wie ich oder viele meiner Genossen, die noch sitzen."

„Damit mögen Sie Recht haben", beschwichtigte Andreas. „Ich muss zugeben, dass ich Ihre Beweggründe nachvollziehen kann. Dennoch ist Selbstjustiz keine Lösung. Jedenfalls keine Rechtmäßige. Was aber hat das mit uns zu tun?"

„Nichts", erklärte die Maske. „Aber ihr habt euch eingemischt. Obwohl es euch nichts angeht. Dafür müsst ihr bezahlen."

„Was haben Sie sich darunter vorgestellt?", fragte Mira mit fester Stimme. „Und wer sind Sie eigentlich? Ich werde das Gefühl nicht los, Sie zu kennen."

„Du willst mich kennen!"

Die Maske brach in schallendes Gelächter aus.

„Das denk ich eher weniger. Jetzt willst du wissen, warum, nicht wahr?"

Urplötzlich hörte sie auf zu lachen und wurde todernst.

„Weil niemand mich kennt."

Die Maske zog einen Revolver und entsicherte ihn.

„Das Ding ist geladen und hat enorme Schusskraft. Ist zwar nicht abgesägt, leistet aber treue Dienste. Weiß der Himmel, wie eure drei Freunde ohne einen Kratzer daran vorbeigekommen sind. In der Ruhe liegt die Kraft, schätze ich."

Mira und den Jungs war nicht klar, was die Maske meinte. Nathalie gab mit einem Handzeichen zu verstehen, dass sie später berichten würden.

„Bevor ich auf euch anlege, betreiben wir noch ein bisschen tiefenpsychologische Forschung. Nehmen wir den Fall mit Natans bösen Geistern en detail auseinander. Zerlegen wir ihn in seine Bestandteile. Ah, mein treuer Begleiter. Direkt aus der Hölle."

Die Maske wandte den Blick zur Tür, wo sie einen dunkelblauen Engel ausgemacht hatte. Auch er hielt eine Pistole in den Händen. Zielsicher anvisierte er die Jugendlichen.

„Die Wahl seiner Verkleidung ist des Öfteren ein wenig paradox", erklärte die Maske gelassen. „Dennoch hat auch er sich als passabler Diener für die Unterwelt erwiesen. Wie meine eigene Wenigkeit."

Die Maske lachte erheitert.

„Nicht wahr, Hüter des Feuers?"

Der Engel nickte stumm.

„Nicht nur bescheiden, das muss man ihm lassen."

Freudig gluckste die Maske.

„Er ist schweigsam wie eh und je. Aber stille Wasser sind besonders tief, liebe Kinder."

Der letzte Satz war durchzogen von unüberhörbar starkem Hass.

„Dieses ekelhafte Unternehmen, die *Witterschneir.*"

Die Maske gab sich keine Mühe, ihre Abneigung zu verbergen; Voller Abscheu spie sie den Namen aus.

Der oberste Chef, der Gründer, der Erschaffer – von wegen. Ein Betrüger! Der Kerl hat ordentlich Dreck am Stecken. Lässt seine Angestellten dafür hinhalten. Von der Entfernung zu einem entsprechenden Lohn ganz abgesehen. Die Leistungen seiner Sklavinnen und Sklaven werden nicht ansatzweise gewürdigt. Er lässt die Leute für sich arbeiten. Rührt selbst nicht den kleinsten Finger. Bei der Belohnung sieht es ganz anders aus. Wisst ihr, was das Scheusal verdient? Ungefähr einen Riesen pro Stunde. 1000 Euro für nichts, nichts und nochmal nichts. Das niedere Fußvolk wird für fast 1000 weniger abgespeist. Schinderei und Ausbeuterei zum Sondertarif."

„Ihre Wut und Trauer sind verständlich. Das gibt Ihnen aber nicht das Recht, inszenierten Horror an Fremden als Kompensierung zu nutzen. Was haben Sie sich dabei gedacht?"

Mira knüpfte an Andreas' Appell an: „Ich vermute, das hier ist nicht Ihr erster Streich in diese Richtung? Sie haben bereits ein anderes Ding gedreht?"

Die Maske lachte gehässig.

„Das hab ich, junge Dame. Denk nicht, dass es mich nicht mit Genugtuung erfüllt hätte. Zwar hat der einsame Funke nicht gereicht, um das lodernde Inferno zu entzünden. Doch ich bin sicher, dass jene Feuersbrunst sehr bald gen Himmel steigen wird."

„Wovon sprechen Sie?", fragte Christian gespannt. „Er hatte den Eindruck, dass dieses flammende Bild eine tiefere Bedeutung hatte. Die sorgsam gewählten Worte verstärkten die Annahme zusätzlich.

„Das werdet ihr noch herausfinden, Jungchen, vertrau mir."

Wie käm ich dazu?, dachte der Junge verdutzt. Zur Maske fügte er hinzu: „Wie geht es weiter? Was hat die *Witterschneir* noch verbrochen?"

„Schluss mit lustig", bellte die Maske. „Ihr habt Einiges erfahren, was ihr nicht hättet erfahren dürfen. Überhaupt wisst ihr viel zu viel. Hüter des Feuers, walte deines Amtes. Es ist Henkerszeit."

„Bevor Sie uns ins Jenseits befördern", warf Mira ein und gab sich Mühe, besonders naiv zu klingen, „können Sie uns wenigstens verraten, welche Erhabenheiten sich unter den Masken verbergen.

Die Maske hielt verdutzt inne. Sie stutzte.

„Was hast du vor, kleines Fräulein?", fragte sie lauernd. Ein bedrohlicher Unterton schwang in der Stimme mit.

„Habt ihr die Cops gerufen?"

Überlegenes Lachen.

„Selbst wenn. Denen wird hören, sehen *und* spüren vergehen."

„Bei allem, was ich mit meinem Leben beschütze, nein", beteuerte Mira mit Unschuldsmiene. Eine unangebrachte Formulierung, wie sie gleich darauf feststellte. Jedenfalls in der aktuellen Situation.

„Dazu hatten wir gar keine Gelegenheit. Ich wär beinahe elektrisiert worden. Und unseren Freund", sie deutete auf Max, „wollten Sie eines viel qualvolleren Todes sterben lassen. „Hätte ich das mit ansehen müssen – ich wär traumatisiert bis in alle Ewig-"

„Schweig, verkommenes Frauenzimmer!", herrschte die Maske sie an.

Mira parierte sofort.

„Ich werde meine Maske fallen lassen. Werde euch zeigen, wer sich darunter verbirgt. Genauso wird es auch der Hüter des Feuers machen. Vorher aber -"

Langsam wanderten die Hände aufwärts. Ruckelten an der Maske und begannen, diese hochzuziehen.

„Gezeichnet von Metall, getränkt in Blut.
Es lieget die Seele vernarbt in der Glut.
Papier ohne Wert, der Gesellschaft Verfall.
Einst rannte, nie ruhte. Dem Eintreiber huldigt all.

Wer weiß, der unwissend. Wer nicht machet, der versklavt.
Der Denkende grübel. Im Geiste entlarvt.
Dem Ziel immer näher und doch weiter fern.
Am Firmament ersterbet der final lebende Stern."

Gebannt hatten alle Anwesenden dem unheilverheißenden Gedicht gelauscht. Die letzten verbleibenden Geräusche waren im Raum verhallt. In diesem Moment starrten die Freunde auf das Gesicht ihres Widersachers; Es war – der Rote.

Doch irgendwas stimmte nicht mit ihm. Er wirkte nicht wie der Rote. Er war kleiner, schmächtiger. Hatte eine ganz andere Mimik; Dunkel, finster, erschöpft. Eine Aura, von der man selbst am hellichten Tage nicht umgeben sein wollte.

Auch der Bart war anders; Nicht flammend rot, dass es in den Augen schmerzte. Eher weinrot. Dunkelrot. Diabolisch rot.

„Das ist nicht der Rote", raunte Mira leise. Ihr war klar, dass die Freunde ihn als Diesen wiedererkennen mussten. „Aber er kommt mir so bekannt vor. Nur – woher -?"

„Du weißt genau, woher du mich kennst", warf der Unbekannte vielsagend ein. „Es ist dir bloß – nicht bewusst."

Seine Augen blitzten. Er lächelte gefährlich. Fixierte Mira mit seinem durchdringenden Blick. Hielt sie fest, als hätte er eiserne Ketten um sie geschlungen.

„Du weißt es sehr genau, junge Dame. Natan und ich haben bereits einige Zeit miteinander verbracht. Du warst sogar schon dabei. Nur, dass du jener Konstellation selbst in deinen schlimmsten Alpträumen nicht ausgesetzt sein möchtest, Mira Alt aus Hemptenbach."

Kapitel 13 – Wenn Engel erwachen

Sie taumelte. Andreas und Nathalie standen unverändert zu beiden Seiten hinter ihr. Sie stützten sie. Die Übrigen musterten das Mädchen besorgt.

„Woher kennen Sie ihren Namen?", schnaubte Christian wutentbrannt. Es tat in der Seele weh, das Mädchen so zu sehen. Er kannte Mira beinahe sein ganzes Leben. Noch nie hatte er sie derart hilflos und angsterfüllt erlebt. „Gibt es noch mehr, das Sie uns verheimlichen?"

„Eine Menge, aber – ich denk nicht, dass ich euch jene Informationen anvertrauen sollte. Euer scharfzüngiges Weibsbild kann sich kaum noch auf den Beinen halten."

Er lachte böse und warf Mira einen verspottenden Blick zu. Da war sie: Die Genugtuung, die der Psychopath bei jenem *einsamen Funken* verspürt haben musste. Obwohl dieser nicht die erhoffte Wirkung gehabt hatte. Mira erwiderte seinen Blick mit niederster Abscheu.

„Ihr werdet ohnehin niemandem mehr davon erzählen können."

Er zückte seine Pistole und richtete sie auf die sieben Jugendlichen. Diese rückten näher zusammen. Die Erfahrung eines *Déjà-Vu* durchfuhr sie.

Auf ein Neues, dachten sie und beobachteten gebannt jede einzelne Bewegung des Psychopathen.

Auch die Person im dunkelblauen Engelskostüm wurde auf einmal beweglicher.

„Los jetzt, Hüter des Feuers, walte deines Amtes", befahl der Psychopath scharf. „Der Herr der Unterwelt wartet nicht ewig. Es wundert mich überhaupt, dass du noch nicht deine Maske abgezogen hast. Dein nicht ausgesprochenes Mantra vorhin -"

Er winkte verächtlich ab.

„Der Finstere Herrscher wird dir diese Missetat vergeben. Aber nun -"

Er zeigte bestimmt auf die Jugendlichen.

„Vollende das diabolische Werk."

Genau wie der Psychopath begann der Engel, die Maske vom Kopf zu nehmen. Kurz bevor die Hüllen fielen, verkündete eine tiefe Stimme aus der Maske.

„Ich will dem Herrn der Unterwelt gerecht werden. Aber vorher werde ich dem Eigentlichen jenen Dienst erweisen."

Die Maske fiel; Eine blonde Frau kam darunter zum Vorschein. Blitzschnell zog auch sie einen Revolver und zielte damit auf den Psychopathen.

„Hände hoch, Heurgaerst, die Glut ist erloschen!"

Der Psychopath wirkte sichtlich angespannt und überrascht.

„Frau -", rief Mira verblüfft und brach ab, bevor sie den Namen aussprechen konnte. Nur ungern wollte sie die Dame in noch größere Gefahr bringen. „Sie sind – die Komplizin -? Der Engel -?"

Sie war derart überwältigt, dass die Worte nur gehaucht aus ihrem Mund hervortraten. „Das ist doch nicht möglich -!"

„Du steckst unter der Maske? Aber wo ist – wie kann das –? Du denkst doch nicht, dass du damit durchkommst -! Friss Blei, elendige Verräterin!"

Wütend ob dieser Überrumpelung zielte der Psychopath auf die Frau und schoss.

„Nein!", schrie Mira, als die Frau von der Kugel getroffen, zusammenzuckte. Der langgezogene Schrei ging ihnen allen durch Mark und Bein.

Vor Miras tränenerfüllten Augen verschwamm die Welt. Sämtliche Eindrücke nahm sie lediglich als undefinierbares Durcheinander wahr. Ein chaotisches Wirrwarr, in dem alle Einzelheiten zu einem einzigen schwammigen Etwas zusammenwuchsen. Diffuse Geräusche und Lichter, die einst einen Zusammenhang ergeben hatten.

Jetzt war da nur noch dieses eine Gefühl: Unfassbare Trauer – der zu beklagende Verlust eines geschätzten Menschen.

Und dann noch dieses eine Wort -

Mörder -

Die Frau unter der Engelsmaske sank zu Boden. Ein schmerzerülltes Stöhnen ging von ihr aus. Ida, Max und Tim eilten zu Hilfe. Sie versuchten, die Frau zu stützen. Doch dafür war es zu spät; Sie lag bereits am Boden – reglos.

Wie bei Herrn Hochwald, griff Max sofort an ihr Handgelenk, um den Puls zu überprüfen. Er war deutlich zu spüren. Den Umständen entsprechend schien ihr Zustand nicht lebensbedrohlich zu sein. Im Gegensatz zum alten Herrn; Um ihn hatte sich Max die ganze Zeit zunehmend Sorgen gemacht. Er war bei Weitem nicht mehr der Jüngste. Oder er war seit langer Zeit krank. Der Junge schloss beides nicht aus. Doch er hielt Letzteres für sehr viel wahrscheinlicher. Und das bereitete ihm ordentliche Bauchschmerzen.

Die anderen drei waren derweil darum bemüht, sich um Mira

zu kümmern. Das Mädchen versuchte, sich aus den schützenden Fängen der Freunde zu kämpfen. Sie musste zu der gutmütigen Frau. Musste ihr helfen, irgendwas für sie tun. Selbst wenn sie ihr nur gut zureden konnte. Nur neben ihr sitzen konnte. Was zählte, war, dass sie für sie da sein konnte.

Nathalie, Andreas und Christian hätten es ihr gegönnt. Hätten sich nichts sehnlicher gewünscht, als ihrer tapferen Freundin diesen Wunsch zu erfüllen. Doch dafür musste das Mädchen sich beruhigen.

Wenige Momente später war das der Fall; Mira hatte sich gefangen. Die Wangen beinahe komplett von Tränen bedeckt. Die Augen gerötet. Aber sie war wieder bei Sinnen.

Der Psychopath stand unverändert da. Wie vom Donner gerührt. Er schwieg. Den Revolver hatte er sinken lassen.

Die Jugendlichen hatten sich um die am Boden liegende Frau versammelt. Alle Sieben. Christian warf Mira einen besorgten Blick zu.

„Hey, Mira."

Erschrocken sah sie zu ihm auf.

„Geht's wieder?"

Das Mädchen nickte stumm.

„Sie wird wieder."

Christian deutete auf die Frau.

„Ich denk auch", erwiderte Mira. „Wobei uns das wirklich hätte erspart bleiben können."

Sie warf dem Psychopathen einen finsteren Blick zu. Einer plötzlichen Eingebung folgend, erhob sie sich vom Boden. Vorsichtigen Schrittes ging sie auf den Mann zu. In vollem Bewusstsein, dass ihr Vorhaben eher wahnsinnig als gut durchdacht war. Doch das war dem Mädchen im Moment herzlich gleichgültig. Ihr dürstete es nach Aufklärung.

Sie wollte wissen, woher der Kerl seine Informationen hatte. Wer hatte ihm zugespielt? Sie wurde das aufdringliche Gefühl nicht los, dass hier ein doppeltes Spiel gespielt wurde. Die Frage war nur: Wer war der Hintermann?

Viel wichtiger noch: Woher kannte Mira den Psychopathen? Je mehr Zeit verging, desto weniger konnte sie sich des Eindrucks erwehren, den Mann zu kennen. Viel besser sogar, als ihr lieb gewesen wär.

„Wer sind Sie?", fragte Mira beschwörend. „Woher kenne ich Sie? Ich bin mittlerweile sicher, dass wir uns tatsächlich begegnet sind. Mehrmals. Sagen Sie schon. Wenn Sie sie ebenfalls kennt -"

Mira deutete auf die Frau am Boden.

„ - kann es nur wenige Orte geben, an denen wir uns begegnet sind. Nicht wir beide. Nein, wir drei. Die junge Dame hat den unwiderlegbaren Beweis dazu geliefert; Sie hat Ihren Namen genannt."

Mira lachte laut auf. Gefährlich nahe trat sie an den Verbrecher heran. Kaum zwanzig Zentimeter trennten die Gesichter der beiden voneinander.

„Sei vorsichtig, Mira", warnte Christian. „Der Typ ist gemeingefährlich."

„Das ist er", entgegnete Mira ohne die Augen von den Seinen zu lösen. Das kristallklare, stählerne Blau stach in die Ihren. „Aber ich hab keine Angst vor ihm. Denn -"

Sie sprach ihn wieder direkt an.

„Sie wissen genauso gut wie ich, dass Sie dieses Rennen nicht mehr gewinnen können. Sie steuern dem unvermeidlichen Scheitern entgegen. An Ihrer Person kann kein weiterer Zweifel bestehen. Sie sind niemand Anderes als der berüchtigte -"

Noch während Mira sprach, packte sie der Mann am Arm. Der Griff saß so fest, dass sie sich nicht daraus befreien konnte. Jedenfalls nicht allein.

Verdutzt hielt Mira inne. Sie wollte gerade ansetzen, herauszuschreien, wer der Mann war und welches düstere Geheimnis er hütete. Doch die Zunge versagte ihr den Dienst; Dachte nicht daran, zu gehorchen. Die Worte wollten herausgelassen werden. Aber sie blieben im Verborgenen.

„Das wirst du bereuen", giftete der Psychopath. „Wollen doch mal sehen, was Natan bereit ist, für das Leben seiner verkommenen Juniormitarbeiterin herzugeben. Hände hoch, alle miteinander! Ich werde mich jetzt mit dem Weibsbild aus dem Staub machen. Wenn euch das Leben eurer Freundin lieb ist, verschwindet ihr von hier und lasst euch nie wieder hier blicken. Ansonsten garantiere ich für nichts. Wagt es nicht, die Cops einzuschalten, sonst -"

Er drückte dem Mädchen die Pistole an die Schläfe.

„Mira!", riefen Andreas, Christian und die Mädchen erschrocken. Max und Tim konnten nicht anders, als fassungslos danebenzustehen.

„Versprechen Sie, ihr nichts anzutun, solange wir Wort halten?", fragte Nathalie gefasst. Eine einzelne Träne rann ihre Wange hinunter.

„Ihr habt mein Wort. Aber falls ihr mich übertölpeln wollt -"

Der Verbrecher öffnete eine Tür in der Rückwand des Raums.

„Der Teufel kennt keine Gnade."

Er zog Mira mit sich durch die Tür und schloss diese kurz darauf.

Die Wand wirkte mit einem Mal genauso unscheinbar wie vorher. Nichts ließ darauf schließen, dass vor wenigen Sekunden ein Verbrecher mit seiner Geisel dahinter verschwunden war.

„Was machen wir jetzt?", fragte Nathalie verzweifelt in die Runde. „Wenn wir ihnen folgen, wird dieser Kerl – er wird -"
Sie wagte nicht, den Satz zu beenden.
„Wir werden ihnen nicht folgen", entgegnete Christian und erntete erstaunte, überraschte sowie entgeisterte Blicke. Niemand wusste diese Aussage zu deuten. Der Junge bemerkte die Reaktion seines Umfelds und löste die Unklarheiten auf.
„Wir werden dieses Labyrinth über einen anderen Weg verlassen. Das heißt, ihr, Ida, Nathalie und Tim werdet diesen Weg nehmen. Andreas und ich werden uns diesem Herrn Heu-irgendwas an die Versen heften."
„Keine Frage."
Andreas spürte, mit welch atemberaubender Geschwindigkeit das Adrenalin durch seinen Körper raste. Er wollte in diesem Moment nur Eins: Mira aus den Fängen dieses Wahnsinnigen befreien. Er fragte sich, ob der Kerl bereits jemanden auf dem Kerbholz hatte. Im selben Moment verwarf er die Frage. Sie würden die Antwort darauf früh genug erfahren. Jetzt hatten sie keine Zeit dafür. Es gab Wichtigeres.
„Sehr gut. Max, es wär besser, wenn du dich den dreien anschließt. Ich hoffe, das ist okay für dich."
Anstatt eine Antwort abzuwarten, sah er besorgt in die Runde.
„Wie steht es um den Engel?"
Er warf einen ernsten Blick auf die Frau.
„Ob sie schwer verletzt ist?"

„Soweit ich es überblicke, war es nur ein Streifschuss", erklärte Max. „Der Aufprall auf dem harten Untergrund hat ihr mehr zugesetzt. Wird ne saftige Beule geben. Ansonsten sollte sie ungeschoren davongekommen sein. Wir müssen sie auf den Rücken drehen. Kommt."

Gemeinsam packten sie die Frau; Jeder an einer anderen Stelle. Wenige Sekunden später lag die Frau auf dem Rücken.

„Wir müssen vorsichtig sein", mahnte Andreas. „Die gute Dame mag eine Feindin unseres Kontrahenten sein. Das bedeutet aber nicht, dass sie für uns zwingend ungefährlich ist. Immerhin hat sie eine Waffe."

Zustimmende Mienen.

„Außerdem müssen wir ein Auge auf Herrn Hochwald haben. Ich fürchte, sein Zustand ist kritischer als uns allen lieb ist."

„Wer ist dieser alte Mann eigentlich?", fragte Tim und beäugte ihn scheu. „Was hat er mit unserem Fall zu tun?"

„Ihr werdet alles erfahren", erwiderte Christian besänftigend. „Ganz durchschaut haben Andreas und ich die seltsame Geschichte auch noch nicht. Zu gegebener Zeit, okay? Erstmal müssen wir Herrn Hochwald und die Frau wach bekommen."

„Vielleicht hat sie ein Smartphone dabei. Oder ein Handy. Dann können wir Hilfe rufen."

„Tolle Idee, Andreas", sprudelte Christian begeistert hervor. „Bin zwar nicht sicher, ob es ihr recht ist, wenn wir sie überall danach abtasten, aber – was bleibt uns übrig?"

Er warf einen unsicheren Blick in die Runde.

„Nathalie, könntest du -? Ich würde ja, wenn es ein Mann wär, aber – ich will mich nicht genieren, nur -"

Christian deutete auf die weiblichen Körperpartien.

Nathalie kicherte.

„Kein Problem, musst dich nicht schämen. Ich wär auch froh, solange sich kein Mann um meine weiblichen Sperrgebiete kümmert. Selbst wenn ich's nie erfahren würde."

Sie zwinkerte wohlwollend. Obwohl das Licht nicht allzu hell war, bemerkte sie, wie er errötete.

„Haltet euch bitte bereit, einzugreifen. Für den Fall, dass sie aufwacht. Will nicht, dass sie mich in ihrer Panik kratzt oder schlägt. Oder was man sonst in einer solchen Situation anstellt. Dann wollen wir mal."

Sie tastete den gesamten Oberkörper ab; Vom Halsansatz bis hinab in die Hüftregion. Nichts. Obwohl ihr leicht unwohl war, fühlte sie auch am Schritt.

„Fehlanzeige", grummelte Max. „Kein Handy. Ich klopf Herrn Hochwald ab. Das ist zwar noch unwahrscheinlicher. Aber wir dürfen nicht untätig bleiben."

Er packte es an.

„Auch nichts", verkündete er frustriert. „Was sollen wir denn jetzt -?"

„Wartet mal", fiel Andreas dazwischen. Eine plötzliche Eingebung sagte ihm, dass sie etwas übersehen hatten. „Die Socken, das könnte es sein."

„Socken?", fragte Ida verwirrt. „Was soll denn das, bitte? Wie kommst du auf Socken?"

„Guckt euch an, wie hoch die Socken gezogen sind. Je nach dem, wie hoch die beiden sie gezogen haben, desto wahrscheinlicher ist es, dass -"

„ - dass einer der beiden etwas darin versteckt hat", vervollständigte Christian den Satz. „Etwas, das um jeden Preis unter Verschluss bleiben soll. Ein kleines Tütchen Rauschgift, ein Klappmesser oder aber -"

„ - ein Handy."

161

Diesmal war es Nathalie, die den Satz beendete.

„Natürlich. Schnell, sehen wir nach, ob wir einen Schatz erbeuten können. Das wär doch gelacht."

„Fantastisch", rief Christian. „Ich hab eins gefunden. Es steckte tatsächlich in der Socke."

Er wandte sich Andreas zu.

„Mensch, das ist – woher weißt du sowas? Du bist doch kein heimlicher Schwerverbrecher?"

Die Jungs lachten.

„Zugegeben, ich hab mehr Dreck am Stecken, als mir lieb ist. Um deine eigentliche Frage zu beantworten: Ich beschäftige mich sehr viel mit wissenschaftlichen Themen; In unseren Fällen mit Kriminologie, Forensik, Psychologie und so weiter. Das ist nur ein kleiner Bestandteil. Alle Themen aufzuzählen, würde zu viel Zeit in Anspruch nehmen. Beschränken wir uns auf Wesentliche. Aufs Hier und Jetzt."

„Forensik, sagst du?", fragte Ida nachdenklich. „Das Wort sagt mir was. Nicht dass ich es zuordnen kann. Aber – nicht so wichtig."

Sie winkte ab.

„Wichtig ist, den Notdienst und die Cops an die Strippe zu kriegen. Wollen mal hoffen, dass der Akku -"

In diesem Moment kam die Frau zu sich. Sie wirkte sehr benommen; Grummelte unverständliche Laute vor sich hin. Faselte vereinzelte Wortfetzen. Nach und nach erblickte sie die Jugendlichen. Bis sie plötzlich erschrak.

Obwohl den Freunden bewusst war, dass sie in jenem Zustand keine Angst vor der Dame haben mussten, blieben sie in Alarmbereitschaft.

„In des Gräberknechts Namen, was ist passiert?", röchelte die Frau. „Wer – ich erinner mich. Ihr seid die sechs Freunde von – Mira."

Sie hustete einige Male. Dann sah sie sich panisch um. Ihre Stimme wurde noch brüchiger.

„Wo ist sie? Wo ist Mira? Hat dieser Geisteskranke – ich meine, hat Heurgaerst sie mitgenommen? Das Mädchen ist in größter Gefahr. Sie wird es nicht überleben."

„Was soll das heißen?", fragte Nathalie erschrocken. „Was hat es mit diesem Mann auf sich? Wie hängen Sie in dieser Geschichte drin?"

Nathalie musterte die Frau aufmerksam.

„Sagen Sie, kennen wir uns nicht? Sie kommen mir bekannt vor. Was haben Sie vorhin gesagt? *In des Irgendwas Namen.*"

Sie wiederholte die Worte mehrmals.

„Was genau hat sie gesagt?", fragte sie die anderen.

„Die Wortklauberei ist doch unwichtig. Irgendwas mit -"

„*In des Gräberknechts Namen*, das hat sie gesagt", erklärte Andreas. „Allmählich wird alles noch klarer. Ein weiteres Teil fügt sich ins Gesamtbild."

„Wovon sprichst du?", wollte Christian wissen.

„Wer oder was war doch gleich der *Gräberknecht*?", sinnierte Nathalie. „Es liegt mir förmlich auf der Zunge."

„Es wird dir gleich einfallen, versprochen", erwiderte Andreas mit Bestimmtheit. An die Frau gerichtet fuhr er fort: „Sagt Ihnen *Paper's Best* etwas?"

„Du bist ein kluges Köpfchen", lobte die Frau anerkennend. „Herr Kravinski ist nicht umsonst stolz auf seine Nichte samt Freunde."

„Sie kennen Herrn Kravinski -?"

Die Freunde trauten ihren Ohren nicht. Lediglich einer sah seine Vermutungen endgültig bestätigt. In Andreas' Gedanken begannen sich die Dinge zu ordnen; Was bisher fragwürdig erschienen war, ergab mit einem Mal Sinn. Der Junge war sich sicher: Es gab nicht mehr viel zu ermitteln. Sie mussten nur nochmal gründlich alle Fakten durchgehen.

„Und ob."

Die Frau lachte heiter auf.

„Ich arbeite in seiner Buchhandlung."

Kapitel 14 – Grausame Wahrheit

„Die gruselige Gestalt", rief Nathalie verblüfft. „Die Gestalt aus dem Gedicht. Aus der Ballade. Wie hieß das Stück? *Der Knabe im Wald*, richtig?"

„*Der Knabe im Moor*. Verfasst von niemand Geringerem als von Annette von Droste-Hülshoff. Eine Schriftstellerin aus dem 19. Jahrhundert."

„Geboren wiederum Ende des 18. Jahrhunderts."

„Hab's dir gesagt, Nathalie. Es wird dir wieder einfallen."

„Recht hattest du."

Nathalie lachte und wandte sich erneut der Frau zu.

„Zurück zu Ihnen. Was machen Sie hier? Moment, der Reihe nach. Wie heißen Sie?"

„Ich steh erstmal auf."

Sie war leicht wackelig auf den Beinen. Die Freunden halfen ihr hoch.

„Schön, passt auf. Ich will euch gern erzählen, was ich mit diesem Fall zu tun hab. Aber als erstes werden wir den Notarzt rufen. Euer Freund sieht nicht gut aus."

Sie warf einen besorgten Blick auf Herrn Hochwald.

„Hoffen wir, dass es nicht bereits zu spät ist -"

Unverständliches Gemurmel zu sich selbst.

„Das Schicksal ist auf unserer Seite: Ich hab Netz. Zwar nur einen Balken, aber -"

Sie wählte den Notruf.

„Hallo, Brigitte Schlierengoch hier. Wir benötigen Hilfe. Ein Verwundeter im alten *Gipfelstürmer*. 76 Jahre alt. Die Augäpfel verdreht. Nur noch das Weiße erkennbar. Äußere Verletzungen nicht ausgeschlossen. Auf hartem Beton zusammengebrochen. Zustand wahrscheinlich kritisch. Insgesamt sechs Jugendliche am Unfallort anwesend neben mir. Zwei Mädchen, vier Jungs. Wir – die Polizei ist bereits unterwegs? Sehr gut. Vielen Dank."

Sie legte auf.

„Ihr habt's gehört."

„Haben wir. Der Plan ist besprochen. Andreas, kommst du? Wir haben jemanden zu befreien."

Christian war nicht aufzuhalten in seiner Euphorie.

„Eine Fangfrage, he?"

„Wir gehen übers Erdgeschoss zurück", erklärte Nathalie. „Draußen sehen wir uns wieder. Viel Erfolg."

„Euch auch", erwiderten Andreas und Christian. „Bis später."

„Ich begleite euch", verkündete Frau Schlierengoch.

„Zu gefährlich. Bitte bleiben Sie bei den anderen. Sie werden noch genug Zeit haben, all Ihre Informationen loszuwerden."

Ohne ein weiteres Wort schlüpften die beiden Jungs durch die beinahe unsichtbare Tür in der Wand.

„Leute, ich hab ein sehr ungutes Gefühl, Herrn Hochwald allein zu lassen", gab Max zu bedenken. „Er ist alt und schwach. Es ist nicht richtig, ihn hier seinem Schicksal zu überlassen. Was, wenn er – ihr wisst schon -"

Betroffen ließ der Junge den Blick senken. Ida nahm sich seiner an.

„Dein Kummer ist verständlich, Max. Aber wir können nicht bleiben. Dieser Verbrecher hat einen Komplizen. Der könnte gefährlicher sein als er selbst. Falls das auf den Roten, sprich den Komplizen zutrifft, können wir nichts für Herrn Hochwald tun. Das Schicksal wird entscheiden. So Leid es uns allen tut."

Max nickte stumm und eine einzelne Träne rollte seine Wange hinab.

„Hast wohl Recht. Ich möchte mich nur noch von ihm verabschieden. Könnt ihr diese eine Minute erübrigen?"

„Kriegen wir hin."

Sie lächelte und ließ ihn gewähren.

Frau Schlierengoch überlegte kurz. Dann ergriff sie das Wort.

„Ich kann mit dir hier bleiben", bot sie an. „Wir warten gemeinsam auf den Notarzt. Sobald er eintrifft, wird es ohnehin einiges zu klären geben. Deine Freunde können derweil das Haus verlassen. In der Zeit werden auch die Cops hier eintreffen. Was meinst du?"

Max dachte darüber nach.

„Klingt nach nem Plan", meinte er einen Moment später. „So machen wir's. Passt auf euch auf, Leute. Ich will euch heil und gesund wiedersehen."

„Das wirst du, da bin ich sicher."

Nathalie lächelte zuversichtlich.

„Dann man los. Ida, Tim?"

Die beiden stimmten nickend zu. Gemeinsam schoben sie die Tür auf und verschwanden im schwachen Schein des dämmrigen Lichts.

„Macht das Beste draus", rief Max ihnen hinterher. Doch die Worte verhallten im Raum und wurden vom kalten Beton verschluckt.

„Wie lautet Ihr teuflischer Plan? Wenn Sie mich umlegen

wollen, können Sie's mir doch sagen. Haben Sie vor, die Cops auszutricksen?"

„Halt dein vorlautes Mundwerk", schnaubte der Psychopath, während er Mira unsanft durch einen langen dunklen Gang führte. Die einzige Lichtquelle, die Sie hatten, war eine Taschenlampe, die er urplötzlich aus seinen Klamotten gezaubert hatte. Sie hatten bereits eine Vielzahl an Kurven hinter sich gelassen.

Mira hatte die Orientierung größtenteils verloren. Sie fragte sich, wo der Gang hinführen mochte; Ob er an einem der Gipfelpässe endete? An einer einsamen Schutzhütte? Doch nicht etwa – sie schauderte – in einem weiteren Gebäude? Ihr wurde leicht mulmig.

„Was haben Sie verbrochen?", fragte Mira belustigt. „Haben Sie bei meinem Chef einen brandneuen, stark reduzierten Bestseller gestohlen? Angepriesen als Mängelexemplar? Für ein paar Cents hinterhergeschmissen?"

Sie lachte überschwänglich.

„Zu Hause haben Sie wutentbrannt festgestellt, dass es unter solchen Bedingungen gar kein Mängelexemplar sein kann. Die werden nicht zum Spottpreis verhökert."

Jetzt war es ein trauriges Lachen.

„Damit haben Sie nicht dem Konzern geschadet, der das Buch druckt, sondern dem Künstler. Der wird ausgebeutet, weil er keine Macht den Größeren gegenüber hat. Nicht umgekehrt. Jedenfalls ist das die Theorie. In der Praxis hat niemand was gesehen. Das kennen Sie doch nur zu gut; Bestechung, Korruption, Schmiergelder -"

Er blieb stehen und packte sie, dass es schmerzte. Dann brachte er sein Gesicht wenige Millimeter vor das Ihre. Im diffusen Licht der Taschenlampe sah sie seine Augen gefährlich blitzen.

„Halt gefälligst die Backen, verdorbenes Weibsbild", grollte er bedrohlich ruhig.

Sie gab kein Widerwort. Es wirkte gespenstig. Gleichzeitig machte der Mann einen aufgekratzten Eindruck. Mira hatte das Gefühl, von allen Nerven genau den Richtigen getroffen zu haben. Sie musste dran bleiben. Genau dort wieder ansetzen. Weitere Infos aus dem Verbrecher herausholen.

Fest entschlossen, sich ihre Angst nicht anmerken zu lassen, forderte sie: „Erzählen Sie mir, was Ihnen widerfahren ist. Was hat der Chef der *Witterschneir* mit Ihren diabolischen Plänen zu tun? Sie sind doch nicht wirklich vom Teufel besessen?"

Der Psychopath blieb abrupt stehen. Vor Überraschung geriet Mira ins Straucheln und drohte zu stürzen. Sie war froh, dass Letzteres ausblieb. Sogleich wurde ihr bewusst, warum es besser gewesen wär, hinzufallen; Der Grund dafür, dass sie noch stand, war der, dass er sie mit aller Kraft am Arm packte. Er hatte mit einer Hand ihren kompletten Arm gefesselt. Behielt das Mädchen unter seiner Kontrolle. Begann langsam und schmerzhaft, ihr das Blut abzuquetschen. Sie war machtlos und würde nichts dagegen tun können, solange er es nicht wollte.

Der Schmerz war eines. Die Dunkelheit auch. Zunehmende Kälte, Adrenalin, trotz übermäßiger Erschöpfung. Doch nichts von all dem kam annähernd an die unheilvolle Stille heran.

Sein Griff verschärfte sich von Sekunde zu Sekunde. Der Schmerz war beinahe unerträglich. Mira wollte schreien. Doch die trügerische Stille hielt sie davon ab.

War sie zu weit gegangen? Würde diese letzte Frage endgültige Konsequenzen mit sich bringen?

169

Sie wagte nicht, zu atmen.

Von ihrem Entführer ging keinerlei Regung aus. Das einzige, was Mira spürte, war die steinerne Hand um ihren Arm. Eine Falle, aus der es kein Entrinnen gab.

Den Arm spürte Mira kaum noch. Dennoch hielt die Stille sie in Schach. Wachsende Beklemmung und ein verstörendes Gefühl, das rasant Besitz von ihr ergriff.

Angst.

Unbekannte Dimensionen der Angst.

Der Verbrecher kehrte aus seiner Matrix zurück; Er verließ jene Zwischenwelt, in der er sich verloren hatte. Ohne Vorwarnung preschte er los.

Überrascht stieß Mira einen spitzen Schrei aus. Ihr Entführer zog sie derart rabiat hinter sich her, dass sie aufpassen musste, nicht den Boden unter den Füßen zu verlieren. Mit größter Anstrengung hechte sie neben ihm her.

Sofern sie noch dazu in der Lage war, fragte sie sich, was sie sich dabei gedacht hatte. Viel wichtiger, wie sie möglichst unbeschadet aus der Situation entkommen konnte.

Eins hatte der Kerl ihr mit seinem plötzlichen Wutausbruch deutlich gemacht: Es *war* bis jetzt ein Kindergeburtstag gewesen. Sie *waren* in der Hölle angekommen. Was würde der *Herr der Finsternis* mit ihnen allen anstellen? Sofern man die Illusion annahm, ohne sie zu hinterfragen. Besonders quälte Mira jene gewisse Frage: Was würde er mit *ihr* anstellen?

Sie vergaß alles um sich herum; Ihre Arme und Beine folgten weiter den Bewegungen, die der Entführer vorgab. Ihr Geist hingegen war in fremde Welten abgetaucht.

Die eigene Matrix hatte keinen Bestand; Eine implodierte Zwischenwelt. In sich zusammengefallen wie ein Haus auf wackligem Fundament. Niemand sollte es je herausfinden.

Mira hatte die dunklen Mächte zum Duell gefordert. Die Falle hatte zugeschnappt. Ihr blieb nur dieser eine winzige Lichtblick: Hoffnung.

Oder sollte doch mehr Licht am Ende des Tunnels sein?

Ein letzter Schrei -

Es kam ihnen vor, als tasteten sie sich seit einer Ewigkeit durch den finsteren Gang; Keiner von ihnen konnte sich daran erinnern, seit dem Verschwinden durch die Geheimtür eine Lichtquelle passiert zu haben. Das war, ohne zu übertreiben, die bedrückendste Dunkelheit seit Langem.

Allein mit Händen und Füßen bewegten sich die Jungs fort; Schritt für Schritt, geschickt und flink, suchten sie sich ihren Weg durch den Tunnel. Die Finsternis schlug ihnen aufs Gemüt. Dafür waren die Ohren umso gespitzter.

„Schhh -", hauchte Andreas sanft und blieb augenblicklich stehen.

Christian, kaum zwei Meter vor ihm, stutzte und hielt ebenfalls inne. Gebannt horchten sie in die Stille. Kein Laut drang an ihre Ohren. Eine beängstigende Stille. Man hätte ein Staubkorn in zehn Metern Entfernung hören können; Wie es sanft durch die Luft schwebte. Schwerelos. Stattdessen hörten sie – nichts.

„Was hast du?", flüsterte Christian Sekunden später.

Mit der Antwort ließ sich Andreas Zeit.

„Ein hoher schriller Ton. Ganz kurz. Binnen weniger Sekundenbruchteile war alles vorbei."

„Ein Tinnitus?"

„Denk ich nicht. Der würde länger dauern."

171

„Seltsam."

„Hmm, aber das Seltsamste kommt erst noch: Der Ton kam mir bekannt vor. Er *kommt* mir bekannt vor. Du kannst eins und eins zusammenzählen?"

„Sie sind in der Nähe."

„Zumindest sind sie noch erreichbar."

In Andreas keimte Hoffnung auf.

„Los, komm. Wir dürfen keine Zeit verlieren. Je schneller wir aus diesem finsteren Tunnel rauskommen, desto besser."

So schnell sie konnten, tasteten sie sich vorwärts. Stets bereit, die Ohren zu spitzen. Es ging um sämtliche Kurven, eine gewundener als die andere. Doch das Wichtigste war: Sie kamen voran.

Je länger sie unterwegs waren, desto sicherer wurden ihre Schritte. Täuschten sie sich oder ging es leicht aufwärts? Völlig gleichgültig. Hauptsache, es gelang den Jungs, ihre tapfere Freundin zu befreien.

Für einen kurzen Moment schien es, als werde es heller; Irgendwo musste Licht durch eine Spalte oder einen Riss hereinfallen. Eine poröse Stelle in der Wand? Eine brüchige Fläche in der Decke? Aber sie waren unter Tage? Keiner der beiden konnte sich vorstellen, dass der Tunnel überirdisch verlief. Selbst wenn es so wäre, Decke und Mauern waren aus solidem Beton. Wie sollte Licht von außen eine Chance haben? Wenn überhaupt, musste es von innerhalb des Tunnels kommen. Doch da war nichts.

Vorbei. Sie gingen erneut durch tiefste Dunkelheit. Auch hatte die Beschaffenheit des Bodens und der Wände abgenommen; Das Gleichmäßige und Ebene war verschwunden. Stattdessen war der Weg jetzt holprig und bot eine Stolperfalle nach der anderen. Die Wände bestanden lediglich aus Erde.

Abgestützt mit Holzbalken, wie die Jungs mithilfe ihrer Finger spürten.

„Was soll das auf einmal?", meinte Christian überrascht.

„Beinahe hätte ich mich aufs Gesicht gelegt. Ob wir hier richtig sind? Ach, warum sieht man nicht die eigene Nasenspitze? Wie sollen wir da eine Abzweigung oder irgendwas Ähnliches mitbekommen? Die Dunkelheit macht mich noch wahnsinnig."

„Bitte beruhig dich, Christian. Mir ist das alles auch mehr als suspekt. Aber was bleibt uns übrig? Wenn wir umdrehen, laufen wir womöglich falsch. Dann sind wir verloren. Das weißt du so gut wie ich. Also laufen wir weiter. Sehr weit kann es nicht mehr sein."

„Du könntest Recht haben."

Andreas hörte, wie sehr Christian vom Gegenteil überzeugt war. Er beschloss, das Thema auf sich beruhen zu lassen. Christian tat es ihm gleich.

Sie liefen noch eine ganze Zeit weiter, ohne sagen zu können, wie lange.

„Allmählich könnte der Tunnel ein Ende nehmen", bemerkte Andreas beiläufig. „Wenn wenigstens der Boden wieder flacher wär. Sei's drum. Wir ziehen solange weiter, bis -"

Er stockte.

„Was ist los?"

Christian gab zunächst keine Antwort. Ohne zu zögern, war er stehen geblieben.

„Fühl selbst", forderte er Andreas auf. „Wir wollten ein Ende. Hier haben wir eins."

Andreas schauderte.

„Du meinst doch nicht etwa -"

Er stellte sich neben Christian und seine Finger ertasteten die grausame Wahrheit: Der Tunnel hatte sein Ende gefunden.

Ein Ende ohne Ausgang. Die Jungs waren gefangen in völliger Finsternis.

Kein Weg nach draußen. Kein Weg an die frische Luft. Zudem die Luft im Tunnel mit jedem Atemzug stickiger wurde.

Sie mussten handeln – jetzt. Ansonsten liefen sie Gefahr, dass dieses Verlies unter der Erde zu ihrem Grab wurde.

„Bald sind wir aus diesem Alptraum raus", schnaufte Max angestrengt. „Nochmal zu Ihnen, Frau Schlierengoch. Sie wissen eine ganze Menge. Es gibt sicher einiges, was für uns von Bedeutung ist. Neben dem, was wir selbst in Erfahrung bringen konnten."

„Wie kommst du darauf, dass ich großartig dazu beitragen kann?"

Mit dieser Überraschung der Buchhändlerin hatte keiner der Freunde gerechnet.

„Sie haben sich als Engel verkleidet und diesen Verbrecher in die Flucht geschlagen", erinnerte Nathalie mit Nachdruck. „Zwar schwebt Mira deshalb in akuter Lebensgefahr. Aber die Aktion hätten Sie kaum durchziehen können, wenn Sie nicht über die Hintergründe Bescheid wüssten. Grund genug für uns, davon auszugehen, dass Sie über noch mehr Infos verfügen. Wohin ist der Handlanger verschwunden? Bevor Sie eintrafen, war er noch da. Er hat uns mit einer Pistole bedroht. Plötzlich war er weg. Vom Erdboden verschluckt. Mit einem Mal erschienen Sie auf der Bildfläche. Was ist da passiert?"

„Eine grundlegende Frage hast du unterschlagen, Nathalie. Sie ist essenziell wichtig. In all dem Trubel ist sie jedoch untergegangen."

Das Mädchen sah Max ratlos an. Er wiederum wandte sich an die Buchhändlerin.

„Wer ist der Kerl, wegen dem wir alle hier sind? Wer verbirgt sich hinter dem Dämon? Dieser Hau oder Heu – wie heißt er gleich?"

„Heurgaerst heißt der Mann. Tristan Heurgaerst. Zu Beginn sei gesagt: Er ist eine gefährliche Natur. Sehr gefährlich sogar. Er hat Verbrechen begangen, die ihr euch in euren schlimmsten Alpträumen nicht ausmalen könnt. Brutale, grausame Dinge, die seine Widersacher und Peiniger zu mentalen Sklaven gemacht haben. Zwar hat er jene Verbrechen nicht alleine begangen. Doch damit meine ich nicht seine Zellengenossen."

Sie musterte ihre Begleiter eingehend.

„Ihr müsst wissen, Heurgaerst ist schwer krank."

Ida wurde hellhörig.

„Es ist schwierig für Außenstehende, das nachzuvollziehen. Seine Krankheit ist auf den ersten Blick nicht sichtbar. Man muss den Menschen dahinter näher kennenlernen; Einen Blick hinter die Kulissen werfen. Nur das hilft, ihn und seine Krankheit zu verstehen. Über die genauen Hintergründe kann ich euch nichts sagen. Ich weiß, dass in seiner Vergangenheit viele furchtbare Dinge geschehen sind. Davon ist er traumatisiert. Doch das ist nur ein kleiner Teil von dem, was ihn als Mensch ausmacht. Wenn die Fakten stimmen, die mir bekannt sind."

Sie warf den Freunden einen besorgten Blick zu.

„Wer ihm in die Quere kommt, unterschreibt sein Todesurteil. Gesetzt, derjenige möchte ihm in seinem Handeln Steine in den Weg legen. Oder gar seine Pläne vereiteln. Selbst wenn diese beiden Vorhaben nicht beabsichtigt sind, sollte man sich von Heurgaerst fernhalten. Befindet man sich einmal in seinen Fängen, gibt es nur einen Weg, ihm zu entkommen."

175

„Und der wäre?", fragte Nathalie. Sie war nicht sicher, ob sie die Antwort hören wollte.

„Man muss einen Nutzen für Heurgaerst haben; Ein Mittel zum Zweck sein. Dann hat man eine reelle Chance."

Nathalie war erleichtert. Auch Ida, Max und Tim fiel ein gewaltiger Stein vom Herzen.

„Heurgaerst will Herrn Kravinski erpressen. Keine schöne Sache. Doch das bedeutet, dass für Mira Hoffnung besteht."

Sie stutzte und wandte sich Frau Schlierengoch zu.

„Der Kerl ist doch nicht so abartig und durchtrieben, dass er – Sie wissen schon -?"

Frau Schlierengoch brauchte einen Moment.

„Bitte? Oh, nein, nein, nein. Heurgaerst ist gefährlich und kaltblütig. Aber er würde niemanden mit einer Leiche erpressen. Das entspricht nicht seinem Stil. Er mag zu jeder Schandtat bereit sein. Doch genauso sehr wahrt er sein Niveau. Darauf besteht er. Ohne Ausnahme."

„Woher nehmen Sie diese Sicherheit?", fragte Ida. Ihre Skepsis war schwieriger zu leugnen als der Klimawandel.

„Vom Hörensagen. Man muss sich nur die Fakten ansehen. Solche Gefühle kann man nicht wahllos ausschalten."

Hörensagen? Fakten ansehen? Gefühle – ausschalten -?

Unmittelbar blieb Tim stehen. Heiße und eiskalte Schauer liefen gleichermaßen seinen Rücken hinab. Der Geistesblitz durchfuhr ihn wie eine Explosion. Besorgt musterten ihn die anderen.

„Was hast du, Tim? Was ist los?"

„Frau Schlierengoch, bitte hören Sie mir genau zu. Kennen die Cops den Ort, an dem Mira und Heurgaerst dieses Haus verlassen? Oder kennen sie nur den Zugang durch die Haustür? Wir laufen geradewegs darauf zu. Bitte, Frau Schlieren-

176

goch. Es geht um Leben und Tod."

Die junge Frau war mehr als verwirrt.

„Du machst mir gerade ein bisschen Angst, Junge. Warum ist das wichtig?"

„Die Cops werden nicht unbedingt leise hereinkommen, falls sie das Haus stürmen. Das kann einige von ihnen das Leben kosten. Spätestens sobald sie die Kellertreppe betreten."

„Das Gewehr -", begriff Nathalie erschrocken. „Wenn die Lautstärke den Pegel überschreitet -"

Tim nickte anerkennend.

„Doch damit nicht genug; Mädels, ihr erinnert euch an die dunkelroten Zeichen an der Tür?"

Er wartete die Antwort nicht ab; Jede verstrichene Sekunde konnte eine zu viel sein.

„Mir ist mittlerweile klar, was dahintersteckt – im doppeldeutigen Sinn. Wir sollten hoffen, dass ich mit meiner Theorie danebenliege. Denn sollte ich Recht behalten, könnte es mit dem Eintreffen der Cops eine gewaltige Explosion geben -"

Kapitel 15 – Lebendiger Tod

Leichtes Schneetreiben hatte eingesetzt. Auf dem schmalen Pfad hatte sich eine geschlossene Decke gebildet. Weiß und gleichmäßig lag die Pracht im gesamten Umland verteilt. Sie hätte es beinahe genießen können. Hätte sie in den vergangenen Tagen, gar während der letzten Stunden nicht diese geballte Action erlebt -

Es nutzte nichts; Sie alle waren in diesem nächsten Abenteuer gelandet. Um ehrlich zu sich selbst zu sein: Insgeheim hatte sie gehofft, buchstäblich kopfüber in einen neuen Fall hineinzupurzeln. Jener Fall war im wahrsten Sinne des Wortes eingetreten. Die einzige Sorge, die ihr ordentlich Bauchschmerzen bereitete, bestand darin, dass ihr Entführer ernst machen konnte; Er trug eine Waffe. Doch ein subtiles Gefühl sagte ihr, dass jenes Worst Case-Szenario nicht eintreten würde. Jedenfalls nicht, solange sie sich nicht absolut dämlich anstellte. Gut, wie sie befand. Das war keineswegs ihr Plan.

Das ist nochmal gut gegangen. Aber wo in aller Welt sind wir hier? Es ist so furchtbar kalt. Dennoch ist es wunderschön.

Die Gedanken kreisten; Zwar befand das Mädchen sich unverändert in der Gewalt des Verbrechers. Doch erleichtert hatte es feststellen dürfen, dass die Helligkeit des Tages eingesetzt hatte. Ein Gefühl dafür, ob es später Vormittag, vorangeschrittener Nachmittag oder gar früher Abend war, blieb verwehrt. Fest stand, dass sie an der frischen Luft war; Raus aus der beklemmenden Finsternis, zurück ins Geschehen über Tage.

Vorsichtig warf sie einen Blick über die Schulter; Hinter ihr lag eine kleine Holzhütte. Ein provisorischer Schutz vor Wind und Wetter. Keine 15 Quadratmeter groß.

Falls Heurgaerst mit seinen Behauptungen richtig liegt, wird meine erste eigene Wohnung noch kleiner sein, dachte Mira zynisch belustigt. Die eigentlich traurige Wahrheit daran wird sein, dass ich bestimmt nicht mal ansatzweise die Miete zahlen kann. Den Mittelstand wird es kaum noch geben; Entweder man ist wohlhabend oder reich. Dann kann man ein sorgloses Leben führen. Ansonsten kommt die Altersarmut nicht mit der Rente, sondern bereits vor der Geburt. Mit dem Unterschied, dass man selbst nichts dagegen ausrichten kann. Von wegen Altersarmut. Das ist chronische Armut. Aber wen der Gutverdienenden wird das interessieren? Schon heute heißt es *Hauptsache ich, ich, ich, ich, ich, ich, ich, ich, ich.* Ein Teufelskreis. Wie es sich schon bei Babys veräußert; Einfluss haste keinen. Beim Ausfluss musste weinen.

Innerlich schlug sie sich die Hand gegen die Stirn. Im nächsten Moment musste sie lächeln; Die Rückseite der Hütte grenzte so an den Anstieg dahinter, dass es den Eindruck einer natürlichen Entstehung erweckte. Als sei die Hütte aus dem Berg hinausgewachsen. Sofort wurde Mira klar, dass sich jene Anbauungen ideal für Arbeiten in den Berg hinein eigneten. In etwa für Grabungen an unterirdischen Gängen. Unbemerkt konnte man von einem Ort zum anderen gelangen, ohne dass jemand Unerwünschtes Lunte roch. Wie viele solcher Schächte mochte es unter den Ascherslebener Gipfelpässen geben? Wie viele waren Heurgaerst bekannt? Ob er selbst mit daran -?

„Komm gefälligst, elendiges Weib. Ich will dich nicht die ganze Zeit hinter mir herziehen. Auf Dauer geht das in die Gelenke. Worauf wartest du? Muss ich das Schießeisen für mich sprechen lassen?"

Mit mürrischen Lauten, aber wortlos, parierte Mira. Einen befreienden Moment lang genoss sie die beruhigende Stille der Berge; Das gleichmäßige Knirschen unter den Schuhen. Vereinzelte Windböen, obwohl diese sehr kalt waren. Die klare, wohltuende, erfrischende Luft. In ihren Gedanken begannen sich einige Zusammenhänge und Unklarheiten neu zu formen. Das noch nicht vollständige Bild wurde zunehmend greifbarer; Detail für Detail fügte sich wie von selbst hinzu. Mira begann, sich fehlende Informationen zu erschließen. Alles, was sie bisher erfahren hatte, wuchs mehr und mehr zu etwas Geordnetem zusammen. Viele kleine Bilder ergaben ein Großes.

„Was haben Sie vor? Sie können sich nicht ewig verstecken. Früher oder später werden Sie den Cops auf den Leim gehen."

Er beachtete sie nicht.

„Auch Verbrecher machen Fehler. Es ist immer nur eine Frage der Zeit. Wahrscheinlich haben Sie sich neben all ihren Missetaten schon einige Fehler geleistet. Diese haben Sie rasend gemacht. Jede Ihrer Fehleinschätzungen und dementsprechend jede Ihrer Fehlentscheidungen hat Konsequenzen. Bringt die Hüter des Gesetzes näher an die Lösung. Sehr bald werden Sie hinter Gittern landen. Korrekterweise sollte ich *wieder* sagen; Es ist garantiert nicht Ihr erster Aufenthalt."

Heurgaerst zog Mira knapp zehn weitere Schritte hinter sich her. Langsam, geradezu würdevoll, blieb er stehen. Er sah sie direkt an. Ein unheimliches, gefährliches Lächeln im Gesicht.

„Weißt du eigentlich, dass bisher niemand glimpflich davongekommen ist, der sich mit mir angelegt hat? Die meisten von ihnen sind heute, sagen wir, geistige Schwerstkranke. Psychische Wracks. Nervliche Totalschäden. Mentale Sklaven. Zu nichts mehr zu gebrauchen. Sie haben ihre Seelen verkauft. Sich mit mir gemessen. Den Teufel zum Duell gefordert. Beim Kampf gegen das Schicksal gescheitert. *Du* hast die einmalige Gelegenheit, jenem grauenvollen lebendigen Tod in dieser noch viel kälteren Welt zu entgehen. Ein freier Mensch zu bleiben. Du solltest nicht auch noch *diese* letzte Karte bei mir verspielen. Ich bin kurz davor, dein jämmerliches Dasein auf unschöne Weise zu beenden. Zu blöd, dass sich dunkelrote Flecken meist sehr schlecht aus Textilien entfernen lassen."

Er seufzte gekünstelt.

„Sei versichert, die Lebensumstände der anderen Tropfe sehen bedeutend übler aus. Dagegen ist ein toter Mensch ein freier Mensch. Beinahe lebendig wie nie. Von allem Übel befreit."

Er lachte heiter auf.

„Bring mich bitte nicht dazu."

Er deutete auf die Pistole.

„Du bist nicht mehr als ein Mittel zum Zweck. Würde ich deinen Chef nicht kennen, wärst du längst tot."

Die Beiläufigkeit im letzten Satz jagte ihr kalt-heiße Schauer über den Rücken.

„Nebenbei, warum versuchst du, mich psychologisch zu analysieren? Strebst du eine Laufbahn als wissenschaftliche Forensikerin an?"

Er lachte hämisch.

„Sie sind es wirklich", hauchte Mira schockiert. „Seit Jahren fahnden die Cops nach Ihnen. Im Großraum um Garmberg,

Runenstedt und Kadenflucht. Die Suche nach Ihnen wurde auf einen Umkreis von mittlerweile 100 Kilometern ausgedehnt. Was hat Sie veranlasst, zu einer solchen Bestie zu mutieren?"

Mira schüttelte fassungslos den Kopf.

„Manche Dinge wird der klare Menschenverstand niemals begreifen können. Darauf ist er nicht ausgelegt."

Sie war zutiefst erschüttert. Der zunehmende Schneefall linderte ihren Schmerz. Eine temporäre Illusion; Nach gewisser Zeit würden die Elegien erneut aufkeimen. Klagelieder über den Schmerz, der sich erst auf mentaler Ebene bemerkbar machte. Sobald der Geist nichts mehr ertragen konnte, würde er die Schotten dicht machen. Wie Whiskey bei britischen Inselbewohnern. Dann begannen die physischen Schmerzen.

„Beweg dich. Wird's bald."

Böse funkelte er sie an.

„Warum tun Sie das?"

Sie machte keinen Hehl daraus, ihre Bestürzung zu verbergen. Wie konnte ein hohes Tier seine Macht so schamlos missbrauchen, dass er anderen Menschen derart schade? Sicherlich war Heurgaerst nicht der einzige, der dieser grausamen Manipulation unterlegen war. Kein Ende in Sicht. Sklaverei ohne Skrupel.

Heurgaerst war ein Verbrecher. So viel stand fest. Dennoch war Mira sicher, dass er tief in seinem Innern ein nicht allzu schlechter Mensch war. Er war lediglich die Reproduktion seiner äußeren Umstände; Hatte nie ein gutes Ventil gefunden, um seine Probleme zu kompensieren. Irgendwann hatte der Satanismus seinen Weg gekreuzt. Teufelsanbetung. Von schlechten Einflüssen umgeben. Vom Bösen in den Bann gezogen. Diabolische Besessenheit war das Resultat.

„Das sind nicht Sie", sagte Mira vorsichtig. Bedacht, dass jeder Satz ihr letzter sein konnte. „Im Herzen sind Sie ein guter Mensch. Seien Sie doch ehrlich zu sich selbst."

Tränen stiegen ihr in die Augen.

„Es ist zu spät."

Seine plötzliche Sentimentalität erstaunte sie. Ein Sinneswandel? Oder nur ein besonders authentisches Schauspiel? Heurgaerst sah bekümmert zu Boden.

„Ich versteh nicht -?"

„Falls die Cops bereits das Haus gestürmt haben sollten -"

Seine Arme beschrieben eine verschnörkelte Geste gen Himmel. Mira verstand kein Wort.

„Wovon reden Sie?"

„Das Gewehr, der Lärm, der Pegel -"

„Gewehr, Lärm, Pegel -? Hören Sie, wenn ich verstehen soll, was Sie meinen -"

Sie gestikulierte hilflos.

„Sjemer drusej vadu", sagte er tonlos.

„Sieben Freunde in der Hölle, ja."

„Polizia vadu."

„Die Polizei in der Hölle?"

„Ein Inferno. Es ist zu spät."

„Sie meinen, die Cops – meine Freunde – sie werden alle -"

Mira verlor den Boden unter den Füßen.

„Stehen bleiben, Heurgaerst."

Durch den dichten Schnee war nur die Stimme des Unbekannten zu hören.

„Sie sind umstellt. 23 meiner besten Leute stehen überall um Sie herum. Mit Maschinenpistolen bewaffnet. Bis an die Zähne. Werfen Sie sämtliche Waffen vor sich in den Schnee. Sodass wir es sehen können. Schlagen Sie sich jegliche Fluchtversuche aus dem Kopf. Die Hände hoch. Sie mögen mit dem Teufel im Bunde sein. Die Glut ist erloschen. Im Namen der Regierung. Unter Wahrung höchster Sicherheitsvorschriften unserer Nation: Sie sind verhaftet."

„Leise", zischte Tim erregt. „Wir sind kurz vor der Kellertreppe. Jedes Geräusch kann eins zu viel sein."

Seine Begleiter bewahrten Ruhe. Zwar hatte weder Frau Schlierengoch noch Max eine Ahnung, was gespielt wurde. Doch beide hatten gemerkt, wie ernst es Ida, Nathalie und vor allem Tim war.

Vorsichtig und leise huschten die fünf der Treppe entgegen. Sie waren bereits wenige Meter davor, als völlig unerwartet -

„Stehen bleiben."

Eine diffus vertraute Stimme ließ sie zusammenfahren.

„Langsam umdrehen. Die Hände schön in die Luft strecken."

Die Fünf leisteten Folge ohne Widerstand.

„Allmählich beginnen diese Fratzen, mich zu langweilen", murmelte Tim in sich hinein.

Nathalie, mehr noch Ida und Max staunten nicht schlecht; Sie konnten kaum glauben, was sie aus dem Mund ihres sonst so ängstlichen Freundes hörten.

Von Frau Schlierengoch schnappte Max etwas wie *Der schon wieder* auf. Was meinte sie damit? Ob Max sich verhört hatte? Ihrer aller Nerven waren mehr als strapaziert.

„Was habt ihr vor? Ihr wollt doch nicht flüchten?"

Der Mann lachte dreckig.

„Hier kommt niemand mehr lebend raus. Weder ihr, noch eure Freunde."

„Wollen Sie nicht die Maske abnehmen?", fragte Tim gelangweilt. Ein genervter Unterton schwang mit. „Mit einem künstlichen Knuspergesicht hat noch kaum jemand besser ausgesehen. Wohl zu viele Crunchy Flakes gegessen, was?"

Er lachte spöttisch. Max und die Mädels sahen sich überrascht an; Die Furcht vor der Unberechenbarkeit ihres Gegners ging beinahe unbemerkt unter. Das war doch nicht Tim, der sich gegen jenes *Knuspergesicht* aufbäumte. War ihr Freund vom Geist eines verstorbenen Satirikers besessen? Wär die Lage nicht so ernst gewesen, hätten die drei vor Belustigung laut losgeprustet.

„Vorsicht, Bürschchen", verkündete die gedämpfte Stimme unter der Maske. „Dein freches Mundwerk könnte dir eines Tages zum Verhängnis werden."

Er zog einen Revolver.

„Ihr werdet jetzt genau das tun, was ich sage."

Die gefährliche Ruhe in der Stimme des Maskierten duldete keinen Widerspruch.

„Genauso, *wie* ich es sage. Solltet ihr euch weigern -"

Er lachte überheblich. Dann lud er die nächste Kugel im Magazin; Übertrieben demonstrativ, damit seinen Geiseln unmissverständlich bewusst wurde, worauf sie sich eingelassen hatten.

„Die Cops können nicht mehr weit sein. Sobald ich euch das Zeichen geb, fangt ihr an, um Hilfe zu rufen. Ich warne euch: Versucht nicht, mich übers Ohr zu hauen. Sonst seh ich mich gezwungen, zu schießen."

„Dass auch Sie dann sterben, ist Ihnen bewusst?"

Tim hoffte, dem Mann ins Gewissen zu reden. Doch dieser ging nicht darauf ein.

„Du hast begriffen, was passiert, wenn es zu laut wird?", frage der Mann anerkennend. „Ein kluges Köpfchen. Dann will ich dir mal den Kopf zeigen, der die Idee dahinter unter Anderem konzipiert hat."

Er zog seine Maske ab.

„Der Rote", hauchte Max fasziniert. „Diesmal ist es zweifellos der Rote."

„Ich für meinen Teil bevorzuge es, mit Weickertwälders angesprochen zu werden. Diepenbrock, so ein Blödsinn."

Den letzten Satz spie er mit Abscheu aus.

„Seitdem ich weiß, dass mein Vater meine arme Mutter in größter Not verlassen hat, ist mein Respekt ihm gegenüber gestorben. Eine Frau zu verlassen, weil sie nicht weiß, ob sie auch im nächsten Monaten noch über die Runden kommt -"

Er winkte verächtlich ab.

„Wie tief kann Mann sinken, solang er was auf sich hält? Seien wir ehrlich, kaum ein Mann ist heutzutage noch *Gentleman*; Ein Mann, der den Respekt, die Würde, geschweige denn die Liebe einer Frau verdient. Mir ist keiner bekannt."

„Diese ehrenwerten Attribute versagen Sie ebenso sich selbst? Eigenschaften, in dessen gutem Licht jeder Mann vor einer attraktiven Frau stehen will?"

Dem Roten imponierte, wie Tim dessen Fakten hinterfragte. Es war die provokante Ader, die den Mann neugierig machte. Er lachte vielsagend.

„Ein angehender Geisteswissenschaftler."

Tim bemerkte den beiläufigen Spott. Doch er ließ ihn kalt.

Diepenbrock, überlegte Max fieberhaft. Woher kenn ich diesen Namen? Auch das Gesicht – irgendwo ist mir der Kerl

186

über den Weg gelaufen. Bloß wo?

Auch seine Freunde dachten angestrengt darüber nach. Nur eine von ihnen hatte was Anderes im Kopf; Frau Schlierengoch suchte krampfhaft nach einem Ausweg aus ihrer misslichen Lage. Sie fand Keinen.

Plötzlich vernahmen sie dumpfe Geräusch über sich. Diepenbrock richtete den Revolver auf die Gruppe.

„Auf mein Kommando", gab er zu bedenken. Sein Gesicht mit dem Rotbart verzog sich zu einer hassverzerrten Fratze. Wie der leibhaftige Teufel.

„Jetzt", befahl er.

Doch bevor die Freunde angsterfüllt ihre Münder öffnen konnten, ertönte eine kräftige, gedämpfte Stimme von oben.

„Das gesamte Anwesen ist großräumig umstellt. Sämtliche Fluchtversuche sind zwecklos. Kommen Sie mit erhobenen Händen aus Ihrem Versteck. Leisten Sie keinen Widerstand."

Diepenbrock wartete unbeirrt ab.

„Steigen Sie über die Schwelle ins Erdgeschoss. Die Hände über den Kopf."

Weiterhin keine Reaktion.

Tim beobachtete alarmiert den Lautstärkepegel auf dem Gewehr; Immer wieder war dieser in gefährliche Höhen geschnellt. Die rote Markierung war bereits mehrfach angekratzt worden. Viel lauter durfte es nicht mehr werden.

„Seien Sie nicht töricht."

Die Stimme schwoll an.

„Es ist vorbei. Sehen Sie denn nicht, in was für eine niederträchtige Sache -?"

In diesem Moment wurde der Pegel überschritten; Wie von Zauberhand begann das Gewehr zu laden. Wenige Sekunden später gab es einen Kugelhagel ab. Ein Schuss nach dem an-

187

deren wurde auf die Tür abgefeuert. Diese zerbarst kurz darauf in hunderte kleine Einzelteile.

Bevor Tim überhaupt darüber nachdenken konnte, dass jetzt das ganze Haus in die Luft gehen würde, richtete er seinen Blick aufwärts; Gut einen Meter vor dem Eingang zur Treppe war jemand zu sehen. Eine dunkle Gestalt, die weder Kopf noch Füße hatte und die seltsam in der Luft schwebte. Bei jedem Schuss glänzte ihre Oberfläche. Jedenfalls an der Stelle, an der die Kugel einschlug.

Es erinnerte auf bizarre Weise an ein Feuerwerk. Nur dass es sich hierbei um scharfe Munition handelte. Nicht um Wunderkerzen, Batterien oder Raketen, von denen Letztere erst am Himmel ihre Pracht entfalteten.

Kurze Zeit später war die komplette Salve verschossen; Die kopflose Person wehte noch einen Moment hin und her, vor und zurück. Schließlich verharrte sie regungslos in der Luft.

Frau Schlierengoch, die Freunde und sogar der bisher eiskalte Diepenbrock hielten den Atem an. Was würde nun geschehen?

Zunächst blieben sie alle stumm; Kein Laut ertönte. Sie standen da, wie zu Stein erstarrt. Tim fokussierte die Ohren auf jedes noch so leise Geräusche. Er meinte, von draußen leichte Windböen zu vernehmen. Ansonsten herrschte Grabesstille. Max und die Mädchen sahen sich fragend an. Tim hatte die Augen geschlossen, um sich besser auf eventuelle Geräusche konzentrieren zu können. Verwirrt schlug er die Augen auf, als ein einziger plumper Laut ertönte. Er sah zur Treppe hinauf; Die dunkle Gestalt war verschwunden.

Was passiert hier? Wer oder was war das dort oben? Doch kein Mensch?

Tim sah zu seinen Freunden. Er merkte sofort, dass diese

ebenso ratlos waren wie er. Frau Schlierengoch ging es nicht anders. Sogar Diepenbrock wirkte einigermaßen überfordert.

Einen Moment lang standen sie da. Niemand bewegte sich. Quälende Sekunden unberechenbarer Stille. Kettenrasseln. Ein weiterer Spukeffekt? Über ihnen? Was hatte das zu bedeuten?

Plötzlich ging alles Schlag auf Schlag; Tim meinte, etwas Rundes an der Kellertür zu erspähen. Wenige Sekunden später flog etwas Großes Unförmiges nur knapp über dem Boden die Treppe hinunter. Vor dem Lauf des Gewehr blieb es liegen.

Erneut trat Stille ein; Was lag dort auf den Stufen? Niemand konnte sich einen Reim darauf machen. Wer hatte den seltsamen Gegenstand geworfen? Und warum?

Wie von Geisterhand erhob sich die skurrile Gestalt vor dem Türrahmen; Sie wurde von unsichtbaren Faden emporgezogen, wie eine Marionette.

Dunkle Gestalten erschienen und schritten wortlos die Stufen hinab. Mit schweren Maschinengewehren bewaffnet. Es wirkte wie eine einstudierte Choreographie. Dennoch wurde sogleich klar: Hinter diesen Bewegungen, die an die Präzision eines Uhrwerks erinnerten, steckte jahrelanges tägliches Training. Makaber daran war jedoch, dass jene vermeintlich trainierenden Menschen bei jedem einzelnen dieser Einsätze ihr Leben auf Spiel setzten.

Am Fuß der Treppe angekommen, ging die Formation in den Laufschritt über. Eine plötzliche Eingebung ließ die Jugendlichen sowie Frau Schlierengoch beiseite springen.

Diepenbrock hatte noch gar nicht realisiert, was die Uhr geschlagen hatte; Völlig verdattert stand er da. Im letzten Moment riss er die Pistole hoch, drehte sich um und rannte um sein Leben.

„Bleiben Sie stehen", rief einer der Schwerbewaffneten. Diepenbrock dachte nicht daran. Er sah über die Schulter, zielte und schoss. Eine Kugel nach der anderen. Überrascht gingen die Jugendlichen zu Boden. Frau Schlierengoch tat es Ihnen gleich. Wenige Minuten später waren nur noch leise Schüsse zu vernehmen. Ein einzelner gedämpfter Schrei, der schnell vom Beton erstickt wurde.

Sogleich kehrte Still ein.

Kapitel 16 – Finale im Schneegestöber

„Sie sind zu spät.“

Nur der Mund des Verbrechers bewegte sich. Der Rest seines Körpers blieb unbewegt im tiefer werden Schnee stehen. Heurgaerst leistete keinen Widerstand, als ein Polizist vorsichtig auf ihn zutrat.

Ohne den Blick von ihm zu wenden, griff der Beamte nach einem Paar Handschellen. Er watete hinter den Kriminellen, verschränkte dessen Arme auf dem Rücken und legte die metallenen Fesseln an.

„Da Sie in der Vergangenheit über Ihre Rechte aufgeklärt wurden, bleibt uns beiden erspart, Sie erneut darüber in Kenntnis zu setzen“, verkündete der Mann mit klarer und lauter Stimme, sodass alle ihn hören konnten. „Ich weise Sie dennoch darauf hin, dass jegliche Kooperation zu Ihren eigenen Gunsten beiträgt. Jene Mitwirkung kann die Härte Ihrer Strafe mildern. Sie und ich sowie alle übrigen Anwesenden wissen um Ihre Intelligenz.“

Er machte eine Pause, um das Gesagte, insbesondere den letzten Satz, nachdrücklich wirken zu lassen.

„Folgen Sie mir“, forderte er.

Heurgaerst machte weiterhin keine Anstalten, sich zu widersetzen; Mit gesenktem Kopf trottete er vor dem Polizisten her.

Mira war vor Erschöpfung im Schnee zusammengesunken. Gebannt hatte sie die Verhaftung beobachtet. Nun saß sie da, hungrig, durchgefroren, geschafft. Sie wurde von ihren Gefühlen überwältigt und wollte nur noch eins: Schlafen.

„Hey, junge Frau."

Mira schrak auf und wirbelte herum. Neben ihr hockte eine der Uniformierten im Schnee.

„War alles n bisschen viel, hm?"

Die Frau lächelte warm.

„Kannst du aufstehen?"

Die Frau erhob sich und streckte Mira die Hände entgegen.

„Ich helf dir hoch."

Dankbar griff Mira nach den Händen. Mühsam schaffte sie es, sich aufzuraffen.

„Danke, es geht schon", meinte Mira einen Moment später. „Muss nur den Kreislauf in Schwung bringen."

Sie lächelte schwach.

„Ich heiße Grubers. Magst du erzählen, was passiert ist? Warst du allein mit Heurgaerst unterwegs?"

„Nur die letzten Stunden. Wir haben uns an seine Versen geheftet und – sind seinem Geheimnis auf die Schliche gekommen. Vier von uns hätte er beinahe getötet, er -"

„Schhh"

Mit ihrer behutsamen Art gelang es der Polizistin, Mira zu beruhigen.

„Tief durchatmen, es gibt für jedes Problem eine Lösung."

Sie überlegte kurz.

„Komm, ich nehm dich mit zu unseren Mannschaftswagen. Ein paar von uns fahren mit dir zur Dienststelle. Dort werden unsere Experten dich psychologisch betreuen. Mit denen kannst du dich aussprechen."

„Das klingt alles schön und gut, aber ich werde meine Freunde nicht im Stich lassen. Erst recht nicht in dieser Eiseskälte.

„Wo sind denn deine Freunde?"

„In einem alten verlassenen Haus. Es muss ganz in der Nähe sein."

„Alt und verlassen? Das könnte der alte *Gipfelstürmer* sein. Aber dort ist seit Jahren niemand mehr gewesen. Ich wüsste nicht -"

„Hände hoch."

Der scharfe Befehlston ließ die jungen Frauen herumwirbeln. Irgendwo hinter ihnen im dichten Schneetreiben herrschte plötzlich helle Aufregung.

„Wir sind keiner von denen, die -"

„Mund halten. Hände über die Köpfe, alle beide. Wird's bald."

Eingeschüchtert verstummte die Stimme. Mira horchte auf; Sollten das etwa -? Sie überlegte, der Stimme entgegenzulaufen. Was aber, wenn sie sich irrte? Sie wollte keinen unnötigen Kugelhagel provozieren. Doch ein inneres Gefühl sagte ihr, dass sie mit ihrer Vermutung richtig lag.

„Andreas? Christian?", rief sie durch den Schnee.

Keine Antwort. Irritierende Stille. Dann die Erlösung.

„Mira?"

Das Mädchen hätte heulen können vor Freude.

„Ihr seid es."

„Ja", rief die Stimme aus dem Schnee ihrerseits erfreut. „Und du auch."

„Was wird hier eigentlich gespielt?", fragte einer der Polizisten. Mira hatte keine Ahnung, welcher von ihnen allen es gewesen war. Im Moment war ihr das herzlich gleichgültig. Für sie zählte, dass die Jungs wieder aufgetaucht waren.

„Jungs", rief sie und watete den beiden durch den mittlerweile knöcheltiefen Schnee entgegen. „Ihr könnt euch nicht vorstellen, wie erleichtert ich bin, euch zu sehen. Ich hatte schon befürchtet, ihr wärt in die Luft gegangen."

Sie drückten einander, als hätten sie sich Jahre nicht gesehen.

„Ihr lebt."

„Wir sind lebendiger denn je", entgegnete Christian freudestrahlend. „Wir können zwar unsere Hände und Füße kaum spüren, aber wir leben."

Miras Bild von wegen *in die Luft gegangen* verwirrte ihn ein wenig. Er sprach sie umgehend darauf an.

„Es ist keine Metapher."

Die unheilschwangere Angst in ihrer Stimme gab den Jungs ernsthaft zu bedenken.

„Was meinst du damit?"

Andreas war nicht sicher, ob er die Antwort hören wollte. Dennoch fasste Mira alles in kurzen und knappen Sätzen zusammen.

„Das kann doch unmöglich – der Kerl ist unberechenbar."

Die Jungs waren zutiefst schockiert. Christian konnte zuerst einen klaren Gedanken fassen.

„Leute, wir müssen zurück zum *Gipfel-*, wie das Haus eben heißt. Fragt mich bitte nicht, warum; Ich hab das Gefühl, dass es Tim und den anderen gut geht. Den Umständen entsprechend."

Zu gern hätte Mira nach dem Grund gefragt. Stattdessen verkündete sie: „Frau Grubers meinte, wir können in ihrem Wagen mitfahren. Sie will zur nächsten Dienststelle. Wir müssen sie überzeugen, mit uns zum Gipfelhaus zu fahren."

„Das machen wir", beschwichtigte Andreas. „Aber Mira, nur

zum Verständnis -"

„Ich weiß, dass die Hütte anders heißt. Für derartige Wort-
klaubereien haben wir später noch Zeit."

„Etymologie hin, Wortspielereien her. Darum geht es nicht.
Wir haben bloß keine Ahnung, wer Frau Grubers ist."

Mira brauchte einen Moment; In entspannter Atmosphäre
wäre sie ihrer Begriffsstutzigkeit wegen in schallendes Gelächter ausgebrochen. Die gegebenen Umstände ließen sie ihre
Ernsthaftigkeit bewahren.

„Eine Beamtin", fasste Mira knapp zusammen. „Sie hat sich
vorhin um mich gekümmert. Plötzlich wart ihr da. By the way,
was meinst du mit Ety-, wie lautete das Wort gleich?"

„Etymologie", erläuterte Andreas geduldig. „Die Herkunft eines Wortes. Der Begriff selbst kommt aus dem -"

„Dein Wissen in allen Ehren, Andreas. Du bist wirklich ein
Junggelehrter. Sämtliche Universitäten müssten stolz sein,
dich aufnehmen zu dürfen. Aber momentan -"

Andreas winkte bescheiden ab.

„Frau Grubers hat dir angeboten – fabelhaft."

Seine Stimme drohte sich zu überschlagen.

„Worauf warten wir noch?"

Mira hatte längst die Begeisterung der Jungs gewittert; Sie
zögerte nicht eine Sekunde, ergriff die Initiative und stapfte
los. Mit entschlossenen Schritten folgten ihr die Jungs. Zielstrebig wateten die drei auf die junge Beamtin zu.

Die Polizisten, die vorhin die Jungs angehalten hatten, ließen die Freunde wortlos zurück. Verdutzt standen diese da
und verarbeiteten die Informationen, die die Jugendlichen untereinander ausgetauscht hatten.

Das Schneetreiben verdichtete sich von Minute zu Minute;
Dicke Schneeflocken wirbelten um die Hüter des Gesetzes.

Unbewegt blieben diese zurück. Wie bedrohlich finstere Mahnmale einer abscheulich verstörenden Tragödie.

„Sind Sie sicher, dass Sie den Weg nicht aus den Augen verlieren? Wenn wir davon abkommen und uns verfahren -"

Mira war beeindruckt von der Orientierung der jungen Frau hinter dem Steuer des klobigen Mannschaftswagens. Ihr imponierte, wie beinahe mühelos diese den Kleintransporter den steilen Weg hinabmanövrierte. Ein kleiner Rest Zweifel blieb dennoch bestehen.

„Keine Sorge, junge Dame. Die Ascherslebener Gipfelpässe sind mir mehr als geläufig", versicherte Frau Grubers. Das Selbstbewusstsein der Polizistin erstickte Miras Zweifel nachhaltig.

Die beiden wechselten einen flüchtigen Blick. Frau Grubers konnte nicht anders, als bei Miras Anblick heiter zu lachen.

„Ich bin hier groß geworden. Fast vier Jahrzehnte sind seitdem ins Land gegangen. Jede Dekade eine Ära für sich. Ganz besonders die Derzeitige; Heurgaerst hat uns einige Kopfschmerzen bereitet. Dank euch sollte das jetzt vorbei sein. Endgültig. Das vierte Jahrzehnt meines Lebens könnte mit der Lösung dieses Falls zu Ende gehen. Die eine Ära endet, die nächste beginnt. Von Zeitalter zu Zeitalter."

Leicht sentimental musterte sie die Jungs durch den Rückspiegel.

„Ihr Jugendlichen könnt stolz auf euch sein. Jeder Einzelne von euch. Eine Meisterleistung, die ihr vollbracht hat, allesamt. Drei Schläge auf jede Schulter. Mindestens."

Sie lächelte warm und wohlwollend.

Nach kurzer Zeit kam Mira die Gegend bekannt vor. Sie wusste, dass sie jetzt fragen musste. Andernfalls würde der Plan, den sie mit den Jungs geschmiedet hatte, nicht aufgehen.

„Lassen Sie uns gleich bitte aussteigen? Wir haben noch etwas zu erledigen."

„Ihr wollt doch nicht zum alten *Gipfelstürmer*? Das ist viel zu gefährlich. Ich weiß, dass ihr das nicht hören wollt, aber der Rest ist Aufgabe der Polizei."

„Mag sein", entgegnete Mira schnippisch. „Die Befreiung der Geiseln hingegen ist Aufgabe der Jugendlichen in diesem Auto."

„Das ist Wahnsinn", warf Frau Grubers sanft, aber mit Bestimmtheit ein. „Seid froh, dass ihr noch lebt. Heurgaerst ist zu allem fähig. Er ist nicht zu unterschätzen. Ein Wunder, dass es bisher keine Toten zu beklagen gibt. Seid euch dieses Wahnsinns bewusst."

Die Polizistin klang beinahe flehend.

„Willkommen in meiner Welt", bemerkte Mira beiläufig.

„Du kannst ja richtig stur sein", entgegnete Frau Grubers grimmig lächelnd. Der amüsiert provokante Unterton entging dabei niemanden.

Plötzlich meldete sich das Funkgerät.

„Sempenreu an Grubers. Bitte melden. Ende."

„Grubers an Sempenreu. Empfang laut und deutlich. Ende."

„Alter *Gipfelstürmer* von der Sondereinheit abgesichert. Verbrecher erfolgreich in Gewahrsam genommen. Alle Geiseln konnten befreit werden; Sechs Personen, darunter zwei Jungs, zwei Mädchen, eine junge Frau sowie ein alter Mann. Beinahe alle wohlauf; Der besagte alte Herr ist stark unterkühlt sowie bewusstlos. Zustand kritisch. Die Gliedmaße weisen groteske Verformungen auf. Besonders die Augen wirken merkwürdig verdreht. In Bezug auf die Verbrecher müssen wir von einem okkultistischen Ritual ausgehen; Eine Dämonenbeschwörung, satanische Anbetung, irgendwas Paranormales."

Sempenreu klang mit einem Mal seltsam eingeschüchtert.

„Es klingt nicht gerade überzeugend. Ich weiß es selbst nicht einzuordnen, zumal ich Übersinnliches rational gesehen für reine Hirngespinste halte. Aber der arme alte Mann muss Schreckliches über sich ergehen haben lassen."

Frau Grubers wartete ab, ob noch etwas von ihrem Vorgesetzten kam; Derart verunsichert hatte sie Kommissar Sempenreu noch nicht erlebt. Wenige schweigsame Sekunden später ergriff sie das Wort.

„Grubers an Sempenreu. Gibt es sonst noch etwas? Ende."

Erneute Stille.

„Sempenreu an Grubers. Nein, das ist vorerst alles."

Der Kommissar räusperte sich.

„An alle Einheiten: Die Einsatzfahrzeuge mit Diepenbrock und Heurgaerst an Bord fahren hinab ins Tal. Auf direktem Weg zur nächsten Dienststelle. Dort kann mit dem üblichen Prozedere begonnen werden. Die beiden Mannschaftswagen mit Grubers und den drei Jugendlichen sowie Stärzing mit der Frau und den vier übrigen Jugendlichen treffen sich an der Hütte bei der Bergstation. Dort wird es ein großartiges Wiedersehen geben. Was den alten kranken Herrn am Tatort angeht: Ich werde mit vier Leuten hier oben bleiben und mich um ihn kümmern. Der Rettungshubschrauber ist bereits unterwegs. Sobald der Verletzte von den Sanitätern betreut wird, machen wir Fünf uns ebenfalls auf den Weg zur Dienststelle."

Er machte eine Pause.

„Vom Organisatorischen her wäre das alles. Bleibt lediglich

zu erwähnen, dass ich mich im Namen meines gesamten Teams bei den eigentlichen Helden dieses Falls bedanken möchte; Bei sieben tapferen Jugendlichen, die schier grenzenlose Courage sowie selbstloses Verhalten an den Tag gelegt haben. Von euch jungen Erwachsenen müsste es einige Millionen mehr geben. Damit wäre der Justiz sehr geholfen. Drei kräftige stolze Schläge auf jede Schulter. Wir sind euch zu tiefstem Dank verpflichtet."

Es war ein sehr emotionales Wiedersehen vor Herr Kravinskis Hütte; Alle nahmen sich gegenseitig in die Arme. Heilfroh, dass niemand ernsthafte Schäden davongetragen hatte. Die Polizistinnen Grubers und Stärzing standen gerührt daneben; Einen kurzen Moment durften sie die Herzlichkeiten miterleben, bevor sie ein letztes Gespräch mit den Freunden führten. Nachdem alles Wichtige protokolliert worden war, begaben sich die beiden Frauen auf den Weg ins Tal. Der heutige Abend sowie die Nacht versprachen für sämtliche Bedienstete des Präsidiums sehr lang zu werden.

Die Freunde hingegen verbrachten einen ruhigen Abend; Sie aßen gemeinsam, saßen noch eine gute Stunde im Wohnzimmer und verabschiedeten sich bald in die Nacht.

So ging es eine knappe Woche; Eines Morgens brachen Mira, Andreas, Christian und Max zu einer Wanderung auf. Gegen Abend planten sie, zurück zu sein. Ida, Nathalie und Tim blieben in der Hütte und beschäftigten sich dort.

In den folgenden Tagen geschah nichts Besonderes; Die Freunde genossen die Zeit miteinander. Sie wussten, dass es bald in Richtung Heimat zurückging. Der Alltagstrott würde sie alle demnächst einholen.

Samstagmorgen war es soweit; Die Koffer standen gepackt im Flur vor der Haustür. Die Hütte sah aus, als sei sie längere Zeit nicht betreten worden; Es erweckte den Anschein, dass seit Herrn Kravinskis Abreise niemand mehr hier gewesen war. Mit dem Unterschied, dass die Hütte weit mehr als nur besen-rein zurückgelassen wurde. In wenigen Minuten würde nichts mehr darauf hinweisen, dass das Haus von sieben Freunden bewohnt worden war. Von einer Gruppe junger Erwachsener, die ihr Leben füreinander aufs Spiel gesetzt hatten. Außerdem für einen kranken alten Mann, von dem sie alle hofften, dass er noch lebte. Wie es wohl Frau Schlierengoch ging?

Die Freunde begaben sich auf die Rückreise; Von der Berg-station ins Tal und mit dem Zug in Richtung Runenstedt. Der Heimat entgegen. Seppertenspitz vor der Grube blieb hinter ihnen. Das Abenteuer neigte sich dem Ende entgegen.

Unterwegs erfuhr Mira von ihrem Chef, dass dieser sie alle in seine Buchhandlung einlud; Zu Kaffee und Tee bei *Paper's Best*. Frau Schlierengoch sei ebenfalls dabei.

Begeistert sagten die Jugendlichen zu; Andreas gab seinen Eltern Bescheid, dass er die eine oder andere Nacht bei Chris-tian verbringen würde. Gaby und Karl blieben skeptisch, ge-währten ihm jedoch die Annehmlichkeit. Immerhin war erst die Hälfte der Ferien vorüber.

In Runenstedt angekommen, gingen die Freunde bald aus-einander. Für den nächsten Morgen waren sie gegen elf Uhr in der Buchhandlung verabredet.

Kapitel 17 – Geist der tausend Namen

Herr Kravinski empfing die jungen Helden am nächsten Morgen mit größter Freude; Er ließ es sich nicht nehmen, jeden Einzelnen in den Arm zu nehmen und sich persönlich zu bedanken.

Derartige Heldentaten erlebe man nicht alle Tage.

Er bat die Sieben in sein Büro.

Zu ihrer aller Überraschung war Frau Schlierengoch bereits vor Ort. Die Jugendlichen staunten nicht schlecht.

„Sie sind schon da?"

Die Verblüffung stand ihnen ins Gesicht geschrieben.

„Nicht wahr?", meinte Herr Kravinski und lächelte geheimnisvoll. „Den sauberen Komplizen Diepenbrock hat die Polizei in den Bergen verhaften können. Ebenso wie diesen Heurgaerst. Frau Schlierengoch hat sich den beiden an die Versen geheftet; Sie hat gemerkt, dass da etwas nicht stimmte und ist direkt hinterher. Eine tolle Leistung, Birte."

Frau Schlierengoch nickte lächelnd. Verunsicherung lag in ihren Augen.

„Sie ist euch in der Erscheinung des Engels begegnet. Hat dazu beigetragen, aus dieser misslichen Lage zu entkommen. Das ist ihr hoch anzurechnen."

Der Frau war anzumerken, dass sie sich in ihrer Haut nicht wohlfühlte. Doch warum? Sie hatte nichts zu verbergen.

„Sagen Sie, Frau Schlierengoch."

Andreas ergriff das Wort.

„Haben Sie etwas gehört von Herrn Hochwald? Liegt er

noch im Krankenhaus? Zuletzt war sein Zustand kritisch. Nicht gut, wenn man bereits die 80er-Marke geknackt hat."

Andreas nahm aus dem Augenwinkel wahr, mit welchem Interesse der Buchhändler seine Fragen an Frau Schlierengoch beobachtete.

„Ich hab keine Ahnung, wie es Herrn Hochwald geht. Aber in dem Alter kann jede Verletzung langwierige Komplikationen mit sich bringen."

„Wie alt war der Herr gleich?"

„Ach, Junge, das kann ich dir nicht sagen. Jedenfalls weit in den 80ern. Dennoch keineswegs von Belangen."

„Weiß es von euch jemand?"

Der Junge überhörte die letzte Anmerkung von Frau Schlierengoch. Prüfend glitt sein Blick durch die Runde.

„Keine Ahnung. Ist das wichtig?"

Tim war nicht klar, worauf Andreas hinaus wollte.

„Er ist 76 Jahre alt. Ihr fragt euch sicher, woher ich diese Info hab; Ganz früh heute Morgen hab ich in der Dienststelle in Seppertenspitz angerufen. Sie waren so frei, mir dieses Detail zu nennen."

„Eine strafbare Handlung", warf Frau Schlierengoch echauffiert ein. „Das ist gesetzeswidrig."

Ihre Empörung war förmlich zu spüren.

„Und wenn schon."

Andreas winkte unbeirrt ab.

„In diesem Fall genügt das nicht mal, um als Kavaliersdelikt durchzugehen. Jetzt frag ich euch, liebe Freunde, wer davon gewusst hat? Mein Tipp, die junge Dame sitzt neben Miras Chef."

„Vorsicht, Jungchen", giftete Frau Schlierengoch. „Bei solchen Verleumdungen wird das Eis schnell dünner."

Andreas würdigte sie keines Blickes.

„*Die Augäpfel verdreht. Nur noch das Weiße erkennbar.*"

Die Frau starrte ihn entgeistert und mit offenem Mund an.

„Hast du den Verstand verloren?"

„Leute, als Herr Hochwald am Boden lag, waren seine Augen geschlossen; Demnach war von den Augen überhaupt nichts zu sehen."

Ein unruhiges Raunen ging durch die Menge. Lediglich Herr Kravinski blieb die Ruhe selbst; Mit wachsendem Interesse beobachtete er das grandiose Schauspiel.

„Da fällt mir ein -"

Andreas wandte sich direkt der Frau zu.

„An sich bin ich nicht indiskret, aber – wie heißen Sie mit Vornamen?"

„Das geht dich gar nichts an, Jungchen."

Sie spie ihm die Worte geradezu entgegen.

„Keine Ahnung, was du mit deinen tollkühnen Verleumdungen erreichen willst. Aber eins sag ich dir: Noch eine weitere Frechheit und du hörst von meinem -"

„Birte."

„Wie bitte -?"

Fassungslos starrte Frau Schlierengoch ihren Chef an.

„Ihr Vorname lautet Birte", wiederholte dieser milde lächelnd.

„Sieh an", lächelte Andreas triumphierend. „Sie heißen gar nicht Brigitte. Na, sowas aber auch."

„Das waren bereits drei saftige Lügen auf einmal."

Mira konnte nicht mehr an sich halten.

„Gibt es weitere unschöne Details, die Sie uns besser jetzt sagen sollten? Noch haben Sie die Möglichkeit, Ihre Strafe abzuschwächen. Bevor Sie etwas Unüberlegtes tun, mein ich."

Der provokante Unterton war nicht zu überhören.

203

Frau Schlierengoch war aufgestanden; Sie stützte sich auf ihrem Stuhl ab. Regungslos stand sie da. Nur ihre Augen wanderten in der Runde umher; Suchten nach einem Ausweg. Wie ein in die Enge gedrängtes Tier, dem bewusst wurde, dass es nur zwei Möglichkeiten gab: Fressen oder gefressen werden.

Wie von Sinnen glitten ihre Hände in Hüfthöhe; Verzweifelt zerrten sie an etwas Glänzendem. Sie zogen den metallenen Gegenstand hervor und hielten diesen in einigem Abstand schützend vor die Brust.

„Hände hoch", schrie Frau Schlierengoch im Affeck. Das rationale Denken war ausgeschaltet.

„Nehmen Sie die Waffe runter", appellierte Herr Kravinski in ruhigem Ton.

„Die Hände hoch, alter Narr. Es ist alles Ihre Schuld."

Tränen standen in ihren Augen.

„Nehmen Sie Vernunft an."

Sie antwortete nicht, sondern richtete den Revolver direkt auf ihren Chef.

„Onkel", rief Nathalie panisch.

„Sie wird nicht schießen", murmelte er sanft.

„Nein, darauf können wir lange warten."

Die Kühnheit in Andreas' Stimme überraschte beinahe alle Anwesenden; Lediglich Nathalies Onkel blieb die Ruhe in Person. Seine Überraschung hielt sich stärker in Grenzen als Zollbeamte.

„Meinst du, Jungchen?"

Hasserfüllt sah sie Andreas an.

„Ich sollte eher mit *dir* anfangen."

Andreas überhörte die Drohung.

„Vielleicht würden Sie schießen, weil Sie dazu fähig sind. Das trau ich Ihnen zu. Der Knackpunkt besteht darin, dass Sie es nicht können. Es bleibt Ihnen verwährt."

„Andreas, was -"

Mira verstand kein Wort. Die anderen taten es ihr gleich.

„Halt dein freches -"

„Ich kann euch sagen, warum -"

Er lachte.

„'Tschuldigung, mein Fehler. Ich mein natürlich, warum sie *nicht* schießen kann."

„Und warum nicht, du neunmalkluger Alleswisser?"

Andreas wartete einen Moment mit seiner Antwort und lächelte mysteriös.

„Was grinst du so dämlich, Wikinger-Verschnitt? Hat's dir die Sprache verschlagen, oder was?"

„Danke, das nehm ich als Kompliment. Wissen Sie, ich bin stolz auf die rote Färbung in meinen Haaren. Ist Natur."

Er zwinkerte Frau Schlierengoch zu, was diese sichtlich verunsicherte.

„Was Ihre Frage angeht, es handelt sich bei dem Revolver um eine Schreckschusspistole. Der einzige Schmerz, den man verspürt, ist der im Ohr, sofern man über ein sensibles Gehör verfügt."

Frau Schlierengoch lächelte kalt. Zumindest wagte sie einen kläglichen Versuch.

„Du bluffst."

„In einer solchen Situation wünscht man sich als Verbrecher, davon ausgehen zu dürfen, aber -"

Andreas schüttelte den Kopf.

„Warten Sie, ich beweis es Ihnen."

Er stand seelenruhig auf und ging auf die Frau zu.

„Bleib, wo du bist", warnte sie mit angsterfüllter Miene.

Andreas dachte nicht daran. Zielstrebig trat er der Verbrecherin entgegen.

„Zwing mich nicht – oh, du elendiger -"

„Hände hoch, Frau Schlierengoch. Sie sind verhaftet."

„Kommissar Wendelberg!"

Verblüffung wie aus einem Mund; Diesmal war es sogar an Andreas und dem Buchhändler, überrascht zu sein.

„Lassen Sie die Waffe fallen. Es ist endgültig aus und vorbei. Draußen warten vier weitere Beamte, um Sie in Gewahrsam zu nehmen. Sehen Sie denn nicht, in welche Ungeheuerlichkeiten Sie sich haben verwickeln lassen. Für das bisschen – für diese Blüten -"

Mit weit aufgerissenen Augen starrte Frau Schlierengoch den Kommissar an.

„Blüten -?"

Sie konnte nicht mehr, als das Wort zu hauchen.

„Er hat es Ihnen nicht gesagt? Dieser Heurgaerst ist wirklich mit *allen* Wassern gewaschen; Es dürfte an sich keine Infos über diesen Fall geben, von denen er nichts weiß."

„Herr Kommissar, was meinen Sie damit?"

„Mira, du und die übrigen Cleveren Spürnasen sollt erfahren, was es damit auf sich hat. Erstmal werd ich diese saubere Buchhändlerin an mein Team abgeben. Kommen Sie."

Gesenkten Hauptes ließ sich Frau Schlierengoch die Handschellen anlegen. Einen Moment später hatte der Kommissar die Verbrecherin an seine Leute übergeben.

Nun saß er in der Runde und berichtete.

„Heurgaerst ist ein gefährlicher Mann, nach dem wir lange

gefahndet haben. Unter seinen Mitpatienten war er als *Torture's Devil* bekannt. Manche nannten ihn auch *Burnin' Psycho* oder *Execue's Guy*. Es gibt viele weitere Namen, aber -"

Der Kommissar winkte ab.

„*Folterteufel, Brennender Psychopath*", murmelte Christian. „Nach allem, was wir erlebt haben, zutreffende Bezeichnungen."

Andreas nickte.

„Was ist mit dem letzten Namen?"

„Kommt von *Executioner's Guy*", erläuterte der Kommissar.

„*Henkersjunge*", raunte Andreas.

„Auch das ergibt Sinn. Vorhin erwähnten sie gewisse Mitpatienten. Wie passt das zu einem Gefängnis? Heurgaerst war doch hinter Schloss und Riegel?"

„Sicherlich, Christian. An dieser Stelle sei erwähnt, dass Heurgaerst in einer, sagen wir, unbekannteren Art von Gefängnis gesessen hat."

„Die Forensik."

Kommissar Wendelberg nickte anerkennend.

„Du hast deine Hausaufgaben gemacht, Andreas."

Der Junge lächelte verlegen.

„Moment mal", hakte Mira aufgeregt ein. „Da dämmert was bei mir. Herr Kommissar, sie sagten etwas von Blüten, nicht wahr?"

Der Mann nickte. Fieberhaft überlegte Mira.

„War da nicht irgendwas, Ida? Hab was im Hinterkopf. Ein -"

Sie riss die Augen auf.

„Ein Banküberfall. *Der* Banküberfall."

„Stimmt", rief Ida aufgebracht. „Der Kerl hatte eine städtische Bankfiliale überfallen. Schwer bewaffnet bis an die Zähne. Aber er war doch gefasst worden?"

207

Verwirrt sah sie zum Kommissar.

„Das stimmt. Er war auch für einige Zeit eingebuchtet", beschwichtigte dieser. „Die Beweislage war relativ eindeutig. Doch nach einer gewissen Frist musste er frei gelassen werden. Auf Bewährung, versteht sich."

„Was heißt relativ?", fragte Max irritiert. „Wenn es eindeutig war -?"

„An sich hätte Heurgaerst hinter Gitter gemusst. Ins *herkömmliche* Gefängnis."

Der Kommissar zeichnete Anführungszeichen in die Luft.

„In solchen Fällen greift die Forensik; Wisst ihr, obwohl Heurgaerst ein Einzeltäter war, war er gleichzeitig kein Einzeltäter."

Fragezeichen in den Gesichtern.

„Was der Kommissar sagen will", ergriff Andreas das Wort. „Heurgaerst hört Stimmen, die nicht da sind. Er sieht Dinge, die nicht da sind. Vielleicht spürt er sie sogar."

„Unheimlich."

Ein Raunen ging durch die Menge.

„Er ist schwerstkrank", fügte der Kommissar hinzu. „Gleichzeitig ist er der mit Abstand intelligenteste Mensch, mit dem ich je zu tun hatte. Das meiste, was er in seinem Leben erreicht hat, hat er ohne fremde Hilfe auf die Beine gestellt. In gewisser Weise ein Genie. Der Mann verfügt über beträchtliches Wissen. Hätte er keine derart düstere Vergangenheit, stünden ihm sämtliche Türen dieser Welt offen."

„Sowas in der Art hab ich mir schon gedacht", meinte Christian. „Auf den Gebieten der Ingenieurs- und Audiotechnik ist der Kerl sicherlich eine Koryphäe. Oder zumindest ein sehr begehrenswerter Mensch. Das hat er Mira, Andreas, Max und mir gegenüber hinlänglich bewiesen."

„Sag mal, Christian, eine Koryphäe. Was war das nochmal?", fragte Tim begriffsstutzig.

„Eine Art Überflieger. Jemand, der sich mit dem, was er macht, ziemlich gut auskennt."

„Jetzt möchte ich auch endlich wissen, was ihr da oben erlebt habt. Zwar wurde mir von Seppertenspitz einiges mitgeteilt. Aber das war nur ein kleiner Teil; Die wesentlichen Fakten über Heurgaerst und seine Komplizen. Bitte erzählt mir, was ihr in den Bergen erlebt habt. Ich möchte es aus erster Quelle erfahren. Sie kennen doch auch bereits die komplette Geschichte?"

„Eine absolute Übertreibung", entrüstete sich Herr Kravinski lachend. „Einiges hab ich bereits gehört. Aber ich bin, genau wie Sie, dafür, dass die jungen Erwachsenen berichten. Denn sie sind die wahren Helden in der Geschichte über den Geist der tausend Namen."

Allgemeine Freude.

„Ihr könnt gern von unserem Erlebnis erzählen, Freunde", sagte Tim in die Runde. „Ich für meinen Teil – Grundgütiger -"

Er betastete seine Stirn und atmete tief durch.

„Zum Kuckuck – ich bin froh, dass wir das alles überstanden haben. Deshalb werd ich erstmal – wo hab ich sie denn -?"

Er kramte in seiner Hosentasche.

„Ich weiß nicht, wie's euch geht, aber – ich muss erstmal ne Ibu einwerfen."

Epilog, Teil 1 – Licht in dunkelster Nacht

Tage später kehrte Andreas in sein Elternhaus zurück; Er hatte einige weitere Nächte bei Christian verbracht. Schweren Herzens hatten sich die beiden voneinander verabschiedet; Wie der Rest der Truppe nach dem Wiedersehen mit Nathalies Onkel sowie Kommissar Wendelberg.

Für morgen Abend hatten sich die Jungs zum Telefonieren verabredet. Ein mittlerweile festes Ritual, das sie jedes Mal kaum erwarten konnten.

Bevor es soweit war, hatte Andreas sich für den Nachmittag etwas ganz Besonderes vorgenommen; Er betrat, wie oft seit vergangenem Sommer, das kleine Dachkämmerchen. Heute war er jedoch nicht hier oben, um sich ans Klavier zu setzen. Ihm schwebte etwas ganz Anderes vor.

Mit einem Laptop setzte er sich an den kleinen Arbeitstisch. Er stellte den portablen Computer darauf ab, klappte ihn auf und öffnete ein leeres Textdokument. Rasch unter dem Namen *Clevere Spürnasen – Im Namen des Bösen – Unser zweiter Fall* abgespeichert, begann er zu tippen.

In den Bergen haben wir buchstäblich Unfassbares erlebt; Teilweise hab ich noch gar nicht alles realisiert. Was uns da oben geschehen ist – phänomenal! Ausrufezeichen.

Zugegeben: Wär ich nicht selbst dabei gewesen, ich würd es kaum für möglich halten. Gerade das ist das Gute; Ich hab es mit eigenen Augen gesehen.

Dennoch haben sich Dinge ereignet, die rational nicht zu erklären sind; Unheimliche Vorkommnisse, die sich wissenschaftlich gesehen nicht hätten ereignen dürfen. Sprich, Phänomene übernatürlichen Ursprungs. Jedenfalls sollte es danach aussehen.

Einige dieser geisterhaften Erscheinungen konnten wir bereits während unseres Abenteuers als Schwindel entlarven. Andere blieben lange Zeit ungeklärt. Bis jetzt; Sie haben sich in Wohlgefallen aufgelöst. Wie die künstlichen Wolken aus der tragbaren Nebelmaschine in Heurgaersts Gespensterwerkstatt.

Inmitten all dieser ziemlich authentischen Erscheinungen haben wir uns natürlich nach Heurgaersts Motiv gefragt. Aber eins nach dem anderen.

Was steckte hinter den körperlosen Stimmen in der Hütte? Fragezeichen. Natans böse Geister und die unheilverheißenden Seelen der Vergangenheit. Bei der Frage, woher Heurgaerst den Namen kennt, denkt man sofort an Diepenbrock; Dieser hatte die beinahe uneingeschränkte Möglichkeit, alle Briefe durchzusehen. Das Briefgeheimnis wird ihm kaum im Weg gestanden haben.

Zum Verständnis muss hinzugefügt werden, dass alle drei – Kravinski, Diepenbrock und Heurgaerst – eine Verbindung zur Witterschneir haben; Heurgaerst wollte einen Neuanfang wagen. Der Chef seines Standorts hatte großes Potenzial in ihm gesehen. Heurgaerst war sogar dem landesweiten Chef vorgestellt worden. Auch dieser hatte großes Interesse geheuchelt. Jene Begeisterung hatte allerdings von Beginn an auf purer Berechnung basiert.

Damals, kurz nach ihrer Gründung, war die Witterschneir unberechenbar abgehoben. Drei Monate war es gut gegangen, bevor von der Bodenständigkeit des Konzerns nichts mehr zu spüren gewesen war. Das Unternehmen war fortan ausschließlich auf Profit aus gewesen. Von angemessenem Lohn konnte längst keine Rede mehr sein. Die Witterschneir hatte ihre Mitarbeiter mundtot gemacht. Intern waren Drohungen ausgesprochen worden, zu denen bis heute keine Stellungnahmen vorliegen.

Für Heurgaerst, einen ausgebeuteten, vom Leben enttäuschten Mann, hatte es nur einen Ausweg gegeben: Selbstjustiz. Er hatte den Plan gefasst, sich an seinen Peinigern zu rächen. Zunächst hatte er mitbekommen, dass der oberste Chef seiner Abteilung Herrn Kravinski eine Immobilie in den Bergen verkaufen wollte. Ein wunderschönes Haus in der Einsamkeit der Ascherslebener Gipfelpässe. In dem Wissen, dass Heurgaerst die Berge liebte, hatte sein Chef dem Buchhändler das Angebot in einem für Heurgaerst qualvollen Moment unterbreitet: Ein Moment, aus dem es kein Entrinnen gegeben hatte; Er hatte alle Mitarbeiter aus der Abteilung des psychisch Kranken zusammengetrommelt. Vor ihren Augen hatte er seinen abscheulichen Plan in die Tat umgesetzt.

Diese perfide Berechnung beruhte auf Spekulation; Die Chefs der Witterschneir gingen davon aus, dass Heurgaerst es aufgrund seiner Intelligenz weit bringen würde. Für einen Spottpreis hätte der Chef seiner Abteilung ihm das Haus irgendwann angeboten. Im letzten Moment hätte er ihm jedoch die traurige Botschaft übermittelt, dass er sich für jemand Anderen entschieden hätte. Jemanden, der nicht existierte. Ein bösartiges, perfides Spiel, von dem der Chef wusste, dass er es sich aufgrund seiner Position im Unternehmen erlauben konnte.

Für diese Abscheulichkeiten wollte Heurgaerst seinen Vor-

212

gesetzten nicht ungeschoren davonkommen lassen. In diesem Moment kam Diepenbrock dazu. Heurgaerst hatte ihn auf der Arbeit kennengelernt. Er freundete sich mit ihm an. Nach kurzer Zeit stellte er festgestellt, dass auch Diepenbrock den Vorgesetzten nicht ausstehen konnte. Heurgaerst nahm ihn unter seine Fittiche und begann, ihn zu manipulieren. Er wusste es so geschickt anzustellen, dass Diepenbrock es überhaupt nicht wahrnahm.

Der Plan, sich an Herrn Kravinski und viel mehr an den skrupellosen Peinigern der Witterschneir zu rächen, reifte heran. Die Männer feilten an ihrem Plan, Herrn Kravinski das Leben in der Hütte zur Hölle zu machen. Diepenbrock hatte in seinem Leben viel über Wirtschaft, Finanzen und – skurrilerweise – Gesetze gelernt. Er bewarb sich bei Herrn Kravinski um eine Stelle. Unter dem Vorwand, diesen mit seinen ausgereiften Kenntnissen zu unterstützen. Kurze Zeit später war er angestellt. Er ließ sich alle Zeit der Welt, um seinen neuen Arbeitgeber auszuspionieren. Die Informationen gab Diepenbrock bereitwillig an Heurgaerst weiter. Dieser hatte ihm eine lukrative Zukunft in Aussicht gestellt; Mehrere 100.000 Euro aus einer Schmiergeldübergabe der Witterschneir an einen ominösen Auftraggeber. Heurgaerst erzählte Diepenbrock, dass er wüsste, wo sich das Geld aktuell befand. Um seine Aussage glaubwürdiger zu machen, überfiel er die Bank. Er entwendete einen Teil des Geldes und hielt es seinem Komplizen unter die Nase. Diepenbrock verfiel den Scheinen und verschrieb sich Heurgaerst endgültig an loyaler Partner. Er hatte keine Ahnung, dass es sich bei all dem Geld um Blüten handelte.

Mithilfe eines Dietrich-Sets und weiterer Utensilien verschafften sich die beiden Zugang zur Berghütte. Sie installierten versteckte Lautsprecher in Wänden, Böden und Decken. Mithilfe leistungsstarker Apparaturen inszenierten sie die körperlosen Stimmen. Diese funktionierten überwiegend automatisch, ließen sich aber auch per Fernsteuerung bedienen.

Herr Kravinski, noch verwundert über die seltsame Übergabe der Immobilie, bereitete sich derweil auf seinen Urlaub vor; Einige Tage in der herrlichen Einsamkeit der Berge. Er kam an und bald darauf begannen die Männer, ihn das Gruseln zu lehren. Heurgaerst trat auf in der Erscheinung des Dämon. Er krakelte durch den Stimmverzerrer, betätigte die Nebelmaschine und schaltete die roten Lampen in den Augenhöhlen seines Kostüms an. Da die Nebelmaschine einen Wackelkontakt hatte, musste er diese teilweise öfters betätigen. Daher das wiederholte Zischen. Zuletzt rannte er den Berg hinauf bis zum Abhang. Als sportlicher, durchtrainierter Mensch war es für ihn nicht allzu anstrengend. Zum Abschluss lachte er durch den Stimmverzerrer und verschwand im künstlichen Nebel.

Herr Kravinski war so verängstigt, dass er kurzerhand beschloss, abzureisen. Er erzählte uns von den Vorkommnissen. Da sich jemand um das noch herrschende Chaos in der Hütte kümmern musste, erlaubte er seiner Nichte, Nathalie, diese Aufgabe zu übernehmen. Sie kannte die Hütte, da sie ebenfalls bereits vor Ort gewesen war. Aufgrund der Schauergeschichten wollte sie natürlich nicht allein dorthin. Schon waren die Cleveren Spürnasen an Bord.

Gemeinsam fuhren wir in die Berge und wurden selbst zu Zeugen der unheimlichen Vorfälle. Nach kurzer Zeit entschlossen wir uns, den Geheimnissen auf den Grund zu gehen. Besser gesagt, auf den Gipfel. Max und Mira zogen los, Christian und ich folgten in einigem Abstand.

In dunkelster Nacht und eisiger Kälte wurden wir von einem

Gespenst überrascht. Jedenfalls sollten wir das denken. Das gleißende Licht machte die Illusion perfekt. Natürlich war es kein Gespenst; Es handelte sich um eine gut zwei Meter lange verschiebbare Stange, die auf einem Gestell angebracht war. Darauf war ein großes weißes Tuch befestigt. So zurecht geschnitten, dass es wie ein Geist aussah, während es ihm Wind wehte. Das Gestell war mit einem kleinen leistungsstarken Motor ausgestattet. Auf diesem bewegte sich die Stange vor und zurück. So entstand die Illusion, das Gespenst bewege sich auf uns zu. Die heulenden Laute kamen von einem tragbaren Lautsprecher irgendwo in der Dunkelheit. Im Affekt und auf der Flucht vor dem vermeintlichen Spuk, wurden wir niedergeschlagen und mit Chloroform betäubt.

Wir erwachten in Heurgaersts Folterkammer im alten Gipfelstürmer. *Dabei handelt es sich, wie wir mittlerweile wissen, um ein seit langer Zeit leerstehendes und vergessenes Hotel und Restaurant.*

Gefesselt überlegten wir, was es mit all dem auf sich hatte. Im selben Atemzug lernten wir Herrn Hochwald kennen. Er arbeitete in der Aktenvernichtung der Hütters & Wallung, *einer Tochtergesellschaft der* Witterschneir. *Heurgaerst hatte herausgefunden, dass die* Witterschneir *dort betriebsinterne Daten vernichten wollte; Schriftstücke, die die Schmiergeldübergabe und weitere üble kriminelle Machenschaften belegten. Er beschloss, diese zu stehlen. Gleichzeitig inszenierte er eine Kontaktaufnahme mit der* Hütters & Wallung, *um Herrn Hochwald in den Bergen aus dem Verkehr zu ziehen. Obwohl die Kontaktaufnahme in den Reihen der Geschäftsleitung für Verwunderung sorgte, erteilten sie Herrn Hochwald die Anweisung, dem nachzugehen. Völlig egal, um was es ging. Hauptsache, die Taschen füllten sich mit Geld. Nur die der Füh-*

215

rungsetage wohlgemerkt.

Mira und Max waren in einem weiteren Folterkeller unterge-
bracht. Nachdem Mira es geschafft hatte, ihrer Todesfalle zu
entkommen, befreite sie Max. Der wiederum hat uns befreit.
Erst kürzlich haben wir erfahren, dass Heurgaerst Miras Fes-
seln absichtlich nicht zu fest verschnürt hat. Er wollte, dass sie
entkommt, damit wir alle befreit werden konnten. Das perfide
Psycho-Spiel sollte weitergehen. Heurgaerst hat gestanden,
dass er das nur gemacht, damit wir ihm auf die Schliche kom-
men. Ein Mittel zum Zweck, um die komplette Witterschneir
hochgehen zu lassen. Dazu später mehr.

Während Max zugange war, Christian und mich zu befreien,
irrte Mira durch das Labyrinth der ineinander verzweigten
Kellergänge. Sie entdeckte die Dokumente mit dem pikanten
Inhalt aus der Aktenvernichtung.

Bis dato haben wir uns gewundert, warum wir die Schriftstü-
cke dort überhaupt vorgefunden haben. Wie wir mittlerweile
wissen, konnte Heurgaerst den gutmütigen Herrn Hochwald
überzeugen, die Akten zu entwenden. Datenschutz hin oder
her. Heurgaerst würde es schaffen, einem Vegetarier ranziges
Fleisch aus Massentierhaltung zu verkaufen. Sogar wenn der
Vegetarier wüsste, dass es sich um Hehlerware handelte. Ein
brandheißer Teufelskerl aus den entlegensten Winkeln der
Hölle.

Andreas fröstelte; Ein eiskalter Schauer lief ihm den Rücken
hinab.

Aus den Dokumenten geht eindeutig hervor, dass der Kon-
zern in kriminelle Machenschaften mit der Bankfiliale in Ram-
kenscheidt verwickelt ist. Der landesweite Konzernchef hatte
Steuern von mehr als 100 Millionen Euro hinterziehen wollen.
Natürlich hatte der Bankinhaber davon Wind bekommen. Ge-

gen eine Provision von 20 Prozent war das Problem umgehend in Vergessenheit geraten.

Zwar hatte die Bank das Geld einer groben Kontrolle unterzogen. Dennoch war nicht aufgefallen, dass es fast ausschließlich Blüten waren. Kein Wunder, wenn man bedachte, dass die Witterschneir für das Wachstum ihrer Kriminalität mehr ausgab als für die Löhne ihrer Mitarbeiter.

Den Bankangestellten entging, dass das echte Geld auf einem ausländischen Schwarzgeldkonto lag; Die Witterschneir wollte sich doppelt absichern und verwendete nur für die Blüten eine inländische Bank. Im Fall einer Nachverfolgung wär es für die Behörden umso schwieriger geworden, irgendetwas nachzuweisen. Der Bankdirektor hätte in einer Zwickmühle gesteckt; Den Konzernchef verraten und sich selbst gleich mit. Oder schweigen, um eventuellen Unannehmlichkeit aus dem Weg zu gehen.

Von Seiten des Konzerns wurde auf das Prinzip des Onion-Routing zurückgegriffen. Eine Masche, die man heutzutage aus der Cyber-Crime-Szene und dem Darknet kennt; Geht man über eine herkömmliche Suchmaschine ins Internet, wird der nächstgelegene, schnellste, etc. Server angesteuert. Je nach dem, was man in den Einstellungen festgelegt hat. Beim Onion-Routing wird eine unterschiedliche Anzahl verschiedener Server weltweit angesteuert. Damit sollen Spuren verwischt und die Nachverfolgung erschwert werden. Ein häufiger Grund für die Nutzung des sogenannten Darknet. Für kriminelle Geschäfte wie bei der Witterschneir.

Heurgaerst hatte Lunte gerochen. Die Chance gesehen, es seinen Peinigern heimzuzahlen. Sie restlos zu ruinieren.

Epilog, Teil 2 – Wo Geister sich scheiden

Als Herr Hochwald mit erhobenem Messer erneut dazustoß, war der finanzielle Skandal zunächst ausgeblendet. Die Polizei konnte uns im Nachhinein mitteilen, dass Heurgaerst den Alten hypnotisiert und auf uns angesetzt hat. Er sollte uns nicht töten. Nur höllische Angst einjagen. Das Schnipsen war der Trigger gewesen, um die Hypnose zu beenden. Das Herz des Alten war bereits sehr krank und schwach; Der Zusammenbruch die logische Reaktion.

Der Dämon trat aus den Schatten und zeigte uns sein Gesicht. Zeitgleich kamen Ida, Nathalie und Tim von oben zur Gespensterwerkstatt. Sie wurden von Diepenbrock samt Stimmverzerrer und Pistole überrascht. Er drängte sie durch die schwere Metalltür, bevor der Engel wiederum ihn ausschaltete. Der Engel, Frau Schlierengoch, gab sich als Diepenbrock aus. Das sorgte bei Heurgaerst für Verwirrung, denn der hatte mit einem Kostüm aus der Unterwelt gerechnet. Er fuhr kaum beeindruckt fort und sagte sein Gedicht auf. Die Maske des Engels fiel und Heurgaerst erkannte die Falle. Er entführte Mira und floh.

Es handelte sich um doppelte Täuschung; Genau wie Diepenbrock war auch Frau Schlierengoch dem Reiz des Geldes verfallen. Dennoch hatte auch sie keine Ahnung, dass es sich um Falschgeld handelte.

Gleichzeitig machte Frau Schlierengoch uns vor, sie sei eine Verbündete. Das kam überzeugend rüber, zielte sie doch auf den tatsächlichen Drahtzieher. Wer achtet in solchen Af-

fektsituationen schon auf die Echtheit einer Pistole?

Andreas musste schmunzeln.

Zudem konnte Diepenbrock nichts gegen sie unternehmen. Er war vorläufig ausgeschaltet. Dass Frau Schlierengoch in der Buchhandlung arbeitete, steigerte ihre Glaubhaftigkeit umso mehr. Zu blöd für sie, dass sie in all der Aufregung eine falsche Angabe über Herrn Hochwalds Alter gemacht hat. Das gab uns die Chance, sie zu überführen.

Nachdem Mira von Heurgaerst durch den Tunnel gezerrt worden war, herrschte dementsprechend erleichterte Stimmung, als Christian und ich ihr in der Eiseskälte begegneten. Für Heurgaerst war die Reise zu Ende. Wir drei hingegen fuhren mit den Polizeibeamtinnen zurück zur Hütte. Alle anderen hatten den Kugelhagel im Gipfelstürmer *überlebt; Zwar hatte der überschrittene Lautstärkepegel die Salve ausgelöst. Doch die Explosion war ausgeblieben.*

Tim hat uns seine Theorie detailliert erläutert. Sie deckt sich mit der unseres Teufelsanbeters. Dabei sind Tims russische Wurzeln von enormer Bedeutung. Hier die Kurzform: Auf der Kellertür, dem Spiegel gegenüber, waren die drei Symbole aufgemalt: W, H und W. Dabei handelte es sich jedoch um die Buchstaben T, N und T. Diese standen wiederum auf dem Kopf. Die Kursivschrift war der Hinweis darauf, dass es sich bei W nicht um ein umgedrehtes M handelte, sondern jenes T gemeint war.

Unser Russe erzählte uns, dass das kyrillische T in der Schreibschrift wie ein M aussieht. H ist die kyrillische Entsprechung zu N. Das hat ihn letztendlich zur Lösung geführt.

Die Buchstaben hatte Heurgaerst bewusst verkehrt herum zur Schau gestellt; Das kopfstehende T stand für alles Böse in der Welt. So omnipräsent, dass es keinen Ort gab, an dem es nicht zu finden war. Das N repräsentierte Natan.

Heurgaerst wies auf die Missstände in der Welt hin; Tod dem Bösen, denn das vermehrte sich schneller als alles Andere, das er in seinem kurzen Leben gesehen hatte. Zugleich wünschte er Herrn Kravinski den Tod. Dabei hatte dieser nichts vom perfiden Spiel des Witterschneir-Chefs gewusst.

Ein weiterer Hinweis ging zurück auf die unschöne Überraschung, die hinter der Tür lag; Heurgaerst hatte TNT in dem kleinen Raum gelagert. Hochexplosiver Sprengstoff, der mithilfe der Gewehrschüsse in die Luft gegangen wär. Es versteht sich von selbst, dass vom gesamten Gipfelstürmer bestenfalls Asche und Staub übrig geblieben wär. Genau wie von allen Menschen, die sich zu jenem Zeitpunkt dort aufhielten.

Die Polizei war mittlerweile soweit, die Ausmaße von Heurgaersts Intelligenz besser einschätzen zu können. Vorsorglich hatten sie mehrere kugelsichere Westen präpariert. Im Notfall konnten sie diese einsetzen, um das lodernde Inferno zu verhindern. Was sie auch taten. Sie warfen eine der Westen auf das Gewehr und postierten eine weitere vor der Tür. Der Keller konnte gestürmt und Diepenbrock in Gewahrsam genommen werden.

Was den Tunnel betrifft: Dieser wurde als zusätzlicher Notausgang im Fall eines Feuers oder einer ähnlichen Katastrophe angelegt. Hätte eine Lawine das ehemalige Hotel verschüttet, wär das Personal in der Lage gewesen, sich selbst ebenso wie die Gäste zu evakuieren. Der Tunnel besteht, wie der Rohbau des Hauses, aus massivem Beton und robustem Stahl. Feuerfest und einbruchsicher. Jedenfalls eine ordentliche Zeit lang. Die Schutzhütte, in der der Tunnel sein Ende findet, steht ähnlich wie das Hotel bereits seit über 50 Jahren in den Bergen. Um Verfolgern in der Finsternis die Bedingun-

gen zu erschweren, hat Heurgaerst kräftige Bergarbeiter angeheuert. Diese haben für ihn einen verlängerten Stollen in den Berg gegraben. An dessen Ende wären Christian und ich beinahe verzweifelt.

Andreas lächelte grimmig.

Doch auch dieses Problem hat sich in Wohlgefallen aufgelöst.

Bis vor kurzem haben wir alle uns gefragt, warum beide Männer rote Bärte trugen. Was war da los? Fragezeichen.

Die Erklärung ist so simpel, dass ich überleg hatte, sie nicht aufzuschreiben. Ich will mal nicht so sein: Doppelpunkt.

Es handelte sich um nichts Anderes als Perücken; Das war auch der Grund, warum uns der Rotbärtige, der Geheimnisvolle Rote im Zug so bekannt vorkam. Es war Diepenbrock.

Die Farben der Bärte ähnelten sich so sehr, weil Heurgaerst es niemandem einfach machen wollte. Weder den Cops noch diesen gerissen schlauen Jungerwachsenen, wie er uns laut Polizeiprotokoll bezeichnet hat. Ich weiß, es klingt widersprüchlich, absolut paradox. Aber ich werd das Gefühl nicht los, dass auch Heurgaerst stolz auf unsere Leistung ist.

Ehrlich gesagt, tut er mir ziemlich Leid; Klar, das Urteil wird milde ausfallen, da er nicht zurechnungsfähig ist. Bei all den schweren psychischen Krankheitsbildern, die er mit sich herumschleppt, kein Wunder. Die sind Strafe genug.

Wegen der Folterapparaturen muss er sich auch nur teilweise verantworten; Er hat dafür nichts gestohlen, was ihm nicht gehört. Alles sein Eigentum. Der Besitz von Sprengstoff ist nicht gern gesehen, logisch. Man muss nur wissen, wie man die Leute zur Herausgabe bringt, die ihn besitzen. Ein Teufelswerk manipulativer Kräfte.

Zudem kann Heurgaerst nicht beweisen, dass er uns nicht

töten wollte. Dennoch muss ich sagen, dass ich ihm glaube. Nicht er wollte uns töten. Die Stimmen in seinem Kopf haben es ihm befohlen. Ein gewaltiger Unterschied. Man mische eine Prise diabolischer Besessenheit dazu. Schon ist das Werk vollbracht.

Mittlerweile wissen wir sogar, dass der oberste Chef der Witterschneir sich vor Gericht verantworten muss. Ebenso wie seine Hintermänner. Die Aktenvernichtung, man lasse sich dieses Detail auf der Zunge zergehen, wurde ursprünglich eingerichtet, um dreckige Geschäftsgeheimnisse zu entsorgen. Ein weiteres abscheuliches Verbrechen.

Auch die Bank sieht harte Zeiten; Für den Schmiergeldskandal müssen sie eine saftige Strafe von mehreren 100 Millionen Euro bezahlen. Die Strafe dafür, dass es sich um Falschgeld handelt, kommt noch obendrauf. Die Bank hat sich damit bis auf die Knochen blamiert. Vom finanziellen Schaden ganz zu schweigen. Damit sollte sie restlos ruiniert sein.

Heurgaersts Ziele sind erreicht; Er hat den Konzern auf links gedreht und indirekt dafür gesorgt, dass das saubere Finanzinstitut hochgeht. Zwar muss er zurück in die Forensik. Doch in gewisser Weise ist ihm sogar die Polizei dankbar. Klar hat er sich ungesetzlich verhalten. Dennoch konnten aufgrund seiner Spuren die wahren Übeltäter gefasst werden.

Bleibt zu hoffen, dass Heurgaerst seine Krankheiten unter Kontrolle bekommt. Immerhin ist das heutzutage Dank professioneller Hilfe noch besser möglich. Und nachhaltiger.

Was die Kunden der Witterschneir angeht, sie werden's überleben. Es gibt viele kleine Unternehmen, die verhältnismäßig ähnlich erfolgreich sind. Alles kein Beinbruch.

Nach all dem wird auch klar, warum Heurgaerst die Bank überfallen hat; Er brauchte viel Geld, um seine Komplizen im

Fall der Fälle von der Existenz der Scheine überzeugen zu können. Falls sie sich damit wider Erwarten hätten aus dem Staub machen sollen -

Andreas imponierte, wie komplex der Schwerstkranke mögliche Szenarien durchdacht hatte; Hätten die Komplizen ihren Auftraggeber hochgehen lassen – sie wären selbst dran gewesen.

Mit allen Wassern gewaschen, dachte der Junge anerkennend. Wie einer, der die Erde durch die Meere schwimmend umrundet. Krass.

Wohlige Gänsehaut.

Demnach ist allen bewusst geworden, dass Heurgaersts Gedicht ein Hinweis war. Dieser sollte auf die Spur des Großkonzerns führen. Und die der Bank. Was er schließlich auch tat.

Da es die ganze Zeit um Vertrauensbrüche, Straftaten, rechtskräftige als auch -widrige Verträge, arglistige Täuschungen, Wirtschaft und das große Geld ging – was ist eigentlich mit Miras Bluff? Fragezeichen. Wenn Bücher, Hörbücher und weiteres geistiges Eigentum zum Spottpreis verscherbelt werden, dem Kunden hinterhergeworfen – wer profitiert davon? Fragezeichen. Das Unternehmen oder der hart arbeitende Künstler? Fragezeichen.

Selbst unser Buchhändler konnte die Frage nicht vollständig beantworten. Er sagte, es sei ein derart komplexes Thema, dass der Grat unsagbar schmal verlaufe. Dass sich im wahrsten Sinne des Wortes die Geister schieden.

Andreas musste vergnügt schmunzeln, als ihm die Wahrhaftigkeit des Sprichworts bewusst wurde.

Auf die Frage, was es mit den verstörten Wanderern auf sich hat, gibt es ebenfalls eine plausible Erklärung: Heurgaerst hat sich verkleidet und ihnen aufgelauert.

„Warum nicht kurz, knapp, kompakt und simpel?"

Andreas lachte.

Von Kommissar Sempenreu wissen wir inzwischen, dass Herr Hochwald überlebt hat. Nachdem sein Zustand kurzzeitig als lebensbedrohlich eingestuft werden musste, geht es ihm nun den Umständen entsprechend gut. Darüber sind wir alle heilfroh.

Damit geht unser Abenteuer zu Ende. Heurgaerst muss bis auf Weiteres in die Forensik zurück. Seine Komplizen hat es härter getroffen; Die beiden werden für einige Zeit hinter Gitter wandern. Zwar ist ihr Auftraggeber der Drahtzieher hinter allem und wird sich dafür verantworten müssen. Dennoch werden Diepenbrock und Frau Schlierengoch in doppelter Hinsicht eingesperrt; Zum Einen sitzen sie hinter Schloss und Riegel in der Justizvollzugsanstalt ein. Zum Anderen hat Heurgaerst sie zu mentalen Sklaven gemacht.

Was das angeht, hat der Schwerkranke nicht gelogen; Etwas Besseres als den Tod findet man längst nicht überall. Viel eher einen lebendigen Tod.

Da sich alles restlos aufklären ließ, bleibt zu hoffen, dass unser nächstes Abenteuer nicht allzu lange auf sich warten lässt. Doch ich hab das Gefühl, mir darüber keine großartigen Gedanken machen zu müssen.

Die Cleveren Spürnasen werden schon bald in ihren nächsten Fall hineinstolpern. Nur ein diffuses Gefühl, aber – ich kann es spüren.